Чингиз Абдуллаев

Чингиз

Абдуллаев

Трудно разглядеть душу там, где так страдает тело.

Дом одиноких сердец

МОСКВА
2011

УДК 82-3
ББК 84(2Рос-Рус)6-4
А 13

Оформление серии *А. Саукова*

Абдуллаев Ч. А.

А 13 Дом одиноких сердец : роман / Чингиз Абдуллаев. — М. : Эксмо, 2011. — 320 с. — (Современный русский шпионский роман).

ISBN 978-5-699-47114-0

Хоспис — место, где человеческие страдания достигают предельной концентрации. Здесь каждый выживает в одиночку. И умирает — тоже. Умирает обязательно, гарантированно, быстро. Поэтому убийство обреченной на скорую смерть пациентки выглядело совершенно диким, абсурдным, кощунственным поступком. Эксперт-аналитик Дронго озадачен, случившееся просто не укладывается в его голове. Он проводит тщательное расследование. И вот, кажется, он вышел на след убийцы. Мотивы преступления оказались просто шокирующими!

УДК 82-3
ББК 84(2Рос-Рус)6-4

ISBN 978-5-699-47114-0

Как мы можем знать, что такое смерть, когда мы не знаем еще, что такое жизнь?

Конфуций

Вы будете всегда иметь такую мораль, которая соответствует вашим силам.

Фридрих Ницше

«Власта: — Зачем сразу думать о самом плохом? Ведь все мы хотим, чтобы отец жил как можно дольше. Поэтому в нашем проекте предусмотрены альтернативы. В общем и целом это просто формальности — в нашей семье всегда все так или иначе принадлежало всем, — но мы живем в такое время, когда все, что угодно, может случиться, например, вступление в силу введения экзекутивного задержания личного имущества в случае подозрения в уклонении от расследования какого-нибудь подозрительного случая».

Вацлав Гавел
«Уход»

Глава 1

Он прилетел в Москву дождливым мартовским днем. В салоне бизнес-класса летели только четыре пассажира. Сказывались все еще не закончившийся кризис, слякотная погода, мартовская неопределенность первого квартала, после которого серьезные бизнесмены начинают сверять свои планы на год. Настроение у людей тоже было хмурым. Пожилой мужчина лет шестидесяти пяти почти все время дремал, отказавшись от еды. Женщина, которой было за пятьдесят, бодрствовала, все время читала журналы и газеты на разных языках, но от еды тоже отказалась. Третьим пассажиром был мужчина с типичным азиатским лицом, очевидно японец, который, напротив, с аппетитом пообедал и почти все время работал со своим ноутбуком. Самым грустным был четвертый пассажир — сам Дронго. Эта кличка, которую он взял много лет назад, теперь стала символом его успехов и неудач. Ему было уже под пятьдесят. Его внешний облик мало соответствовал имиджу одного из самых известных экспертов в мире по проблемам преступности. Скорее он был похож на бывшего оперативного сотрудника. Высокого роста, широкоплечий, подтянутый, он сразу выделялся в любой толпе. Внимательно приглядевшийся наблюдатель мог определить его профессию только по глазам — у бывших костоломов они не бывают столь вдумчивыми и умудренными. Внимательный, почти гипнотический взгляд черных глаз Дронго иногда завораживал его собеседников настолько, что они рассказывали даже то, чего им не хотелось рассказывать ни при каких обстоятельствах.

Он летел в Москву, уже зная, что его ждут новые дела и новые расследования. В аэропорту его привычно встречал Эдгар Вейдеманис, который приехал в Шереметьево на машине с водителем. После того как Дронго получил багаж, они прошли к автомобилю и устроились в салоне.

– Тебя ищут, – сразу сообщил Вейдеманис, как только они оказались в машине. По сложившейся традиции они никогда не говорили о подобных вещах в зале прилета, где их могли услышать или прослушать. И вообще старались не разговаривать на подобные темы в людных местах. – Тебя ищут сразу два человека.

– Какая неожиданность, – вздохнул Дронго. – Кому еще я могу понадобиться в эти пасмурные мартовские дни?

– Звонил Архипов. Это известный бизнесмен, владелец крупного пакета акций. Просит о срочной встрече. Его состояние оценивают в триста миллионов долларов.

– Чего он хочет? Ты хотя бы примерно знаешь?

– Конечно, знаю. Его сын уехал с какой-то девицей на курорт и загулял там. Об этом писали все газеты. Девица вернулась, а парня посадили в тюрьму за наркотики. Нашли в его чемодане при обыске. Он, конечно, сразу отказался, заявил, что это ему подбросили. Но экспертиза установила, что он уже давно сидит на этих порошках. Хорошо, что это было не в Таиланде, иначе бы его сразу приговорили к смертной казни. А там, на Карибах, ему могут дать лет десять тюрьмы. Или меньше, если отец найдет хороших адвокатов.

— Понятно. При чем тут я?

— Архипов просит о срочной встрече. Считает, что его сына подставили. В газетах пишут, что сын — наркоман уже со стажем и у него были проблемы и с российскими властями, но отец упрямо не хочет в это верить.

— Какой отец хочет верить в такое, — поморщился Дронго, — его можно понять.

— Он хочет срочно с тобой встретиться, — повторил Эдгар. — Очевидно, будет просить тебя отправиться туда и доказать, что его сын не мог хранить у себя кокаин. Дело тухлое и практически бесперспективное, но он, как отец, хватается за любую возможность. Ты меня слушаешь?

— Кто второй? — немного помолчав, спросил Дронго.

— Главный врач какой-то больницы, кажется хосписа. Он вышел на нас через твоего знакомого – академика Бурлакова – и тоже просит о срочной встрече. Бурлаков уверял его, что ты настоящий маг и волшебник. Такой современный Шерлок Холмс и Эркюль Пуаро в одном лице. Вот он и просит о встрече. Степанцев Федор Николаевич. Кажется, он прилетел из Санкт-Петербурга.

– А ему я зачем понадобился?

– Не знаю. Но он очень просил. Звонил вчера вечером, искал тебя. Говорит, что прилетел в Москву только на два дня и очень хочет тебя увидеть.

Дронго молчал и смотрел в окно на начавший накрапывать дождь. Эдгар взглянул на своего друга. Ему не нравилось его настроение. Вейдеманис выждал целую минуту, затем наконец сказал:

– Я думаю, что врачу мы не будем говорить о твоем приезде.

– Почему? – повернулся наконец Дронго. – Ты же говоришь, что его рекомендовал сам академик Бурлаков.

– Можно найти какой-нибудь удобный повод, чтобы ему отказать. А с Архиповым тебе нужно встретиться. Такой человек...

– Очень богатый, – задумчиво произнес Дронго, снова отворачиваясь.

— Он наверняка предложит тебе отправиться на Карибы, чтобы помочь его сыну. Нужно будет объяснить Архипову, что сыну понадобятся хорошие адвокаты. Но ты можешь отправиться туда и хотя бы попытаться помочь.

Дронго снова смотрел в окно.

— Если тебе неинтересно, я не буду говорить, — заметил Вейдеманис, — но учти...

— Эдгар, — перебил его Дронго, — твой западный рационализм начинает меня серьезно тревожить. Посмотри, во что мы превращаемся. Мы ведь с тобой профессионалы и понимаем, что сын Архипова наверняка хранил этот кокаин и дело действительно безнадежное. Тем более если экспертиза установила, что он наркоман со стажем. Но его отец богатый, очень богатый человек, и мы готовы с ним встретиться, чтобы взяться за это бесперспективное дело. Зачем? Для чего? Только для того, чтобы получить деньги у несчастного отца, занятого наживой больше, чем воспитанием собственного сына? Что с нами происходит? Где остались наши принципы, Эдгар?

— В той стране, которой уже нет, — мрачно ответил Вейдеманис. — Если ты еще не забыл, в Латвии я до сих пор нежелательный гость, ведь я был офицером Комитета государственной безопасности. Они не делают разницы между разведкой, в которой я служил, и контрразведкой, которая занималась диссидентами...

— Ими занималось Пятое управление, — добродушно поправил его Дронго.

— Им все равно. Сейчас другие времена. Кажется, ты любишь цитировать Лоуэлла, который говорил, что не меняются только «дураки и покойники». Я не хочу быть ни тем, ни другим.

— Там есть продолжение фразы: «...и немногие порядочные люди...

— ...которых с каждым днем становится все меньше и меньше», — закончил фразу Вейдеманис. — Я тебе так скажу. Ты у нас главный мозг. Мы с Кружковым только твои помощники...

— Напарники...

— Помощники, которые готовы выполнять свои поручения. Как ты решишь, так и будет. Если считаешь, что не нужно встречаться с Архиповым, значит, пошлем его к черту. Если считаешь, что лучше встретиться с этим врачом из хосписа, давай встретимся с ним. В конце концов, ты уже заработал столько денег для всех нас, что имеешь право решать, с кем тебе встречаться или не встречаться.

— Будем считать, что во мне проснулась честь профессионала, — пробормотал Дронго. – Я думаю, будет правильно, если мы сообщим Архипову, что я еще не прилетел. В конце концов, он хватается за нас как за последний шанс помочь своему сыну. А пользоваться такой возможностью, чтобы получить у него деньги даже на эту поездку, мне кажется непорядочным. Помнишь у Окуджавы: «Чувство собственного достоинства – удивительный элемент. Нарабатывается годами, а теряется в момент».

– Столько лет тебя знаю и каждый раз удивляюсь, – усмехнулся Вейдеманис. – Кто в наше время говорит о чести, собственном достоинстве или вообще употребляет такое слово, как «порядочность». Кому это интересно? Ты рискуешь остаться последним романтиком среди детективов. Тебя уже давно нужно сдать в музей и показывать как удивительный раритет.

– Без лести, – погрозил ему пальцем Дронго. – Еще одно слово – и я соглашусь встретиться с Архиповым. В конце концов, он тоже несчастный человек, которому нужно помочь. Но помочь ему должны не детективы и не частные эксперты, а профессиональные адвокаты. Пусть пригласит опытных юристов из США или Франции.

– Адвокат из Америки обойдется ему в несколько миллионов долларов, – меланхолично заметил Вейдеманис, – твои услуги были бы дешевле.

– Пусть не экономит. Посоветуй ему сделать это немедленно. Речь идет о судьбе его сына. А мы с тобой встретимся с главным врачом этого хосписа. Ты знаешь, что такое «хоспис»?

– Примерно представляю. Когда у меня обнаружили онкологическое заболевание, я был уверен, что закончу свои дни именно в таком заведении. У моей семьи не было тогда денег даже на лечение меня от ангины. Если бы ты тогда не спас меня...

– Второе предупреждение. Ты приехал за мной в аэропорт, чтобы всю дорогу вспоминать о моем величии? Давай навсегда закроем эту тему. Ты спас себя сам. И сам сумел выжить вопреки всему, вопреки прогнозам врачей. Ну, и удачная операция, которую тебе сделали, она прежде всего сыграла свою роль. Поэтому благодари врачей, а не меня. А хоспис – действительно страшная штука, даже думать об этом учреждении страшно. Место, где доживают свои дни безнадежно больные люди. Можно придумывать массу всяких удобных выражений, но это именно такое заведение. И любой врач, который там работает, почти герой, а пациенты должны иметь своеобразное мужество. Ведь все мы так или иначе приговорены к смерти. Только у некоторых есть отсрочка в двадцать, тридцать, пятьдесят, даже девяносто лет. А у некоторых срок исчисляется днями или неделями. Вот и вся разница.

— Ты вернулся каким-то странным, — заметил Вейдеманис. — Что-нибудь случилось?

— Нет. Просто с годами я начинаю задумываться и о смысле нашего существования, и о бренности наших усилий. Столько лет занимаюсь поисками всякого рода мерзавцев и проходимцев и каждый раз удивляюсь, что их количество растет пропорционально росту человечества. Как будто есть некий заданный процент отрицательных персонажей, который не меняется. И не зависит ни от развития технологий, ни от расцвета науки. Как процент красивых женщин, гениев или кретинов, так и процент мерзавцев. Пропорции остаются одинаковыми. Может, в этом заложен какой-то смысл? Некая стабилизирующая цивилизацию форма отношений? Как в живой природе, где есть хищники и есть жертвы. Кажется, хищников даже иногда называют «санитарами природы» — они уничтожают слабых и больных. Может, и в нашем обществе действуют те же законы? Только там природа сама выступает в роли регулятора, а здесь получается, что мы с тобой невольно выступаем некими «регуляторами» цивилизации?

– Тогда давай поменяем профессию и станем адвокатами, – предложил Эдгар, – и будем защищать преступников. Ты считаешь, что будет лучше, если ты перестанешь разоблачать их?

– В твоих словах чувствуется некоторое пренебрежение к адвокатам. А это ведь самая выдающаяся форма человеческих отношений, какую только выработала наша цивилизация. Возможность предоставить человеку профессиональную защиту от государства, от государственного обвинителя в судебном поединке – это безусловное достижение нашего мира. А насчет «регуляторов» я думаю, что, создав нас непохожими на других живых существ, Бог или природа разрешили нам создавать и некие правила внутри своих коллективов, которые не должны нарушаться ни при каких обстоятельствах. Когда тебе должен позвонить этот врач?

– Сегодня вечером.

– В таком случае давай с ним встретимся. Часов в восемь, если он сумеет приехать к этому времени. И будет лучше, если мы поговорим в нашем офисе, а не у меня дома.

— Мы так и сделаем, — согласился Вейдеманис. — Я думал, что ты захочешь сегодня отдохнуть...

— Со мной не каждый день хочет встретиться главный врач из хосписа, — напомнил Дронго. — А насчет Архипова... Ты знаешь, я подумал, что неприлично отказывать человеку только потому, что у него много денег и он упустил своего сына. Таким образом сказывается наше предубеждение ко всем богатым людям. Это уже такой советский неизлечимый синдром, все богатые — однозначно жулики.

— Можно подумать, что ты знаешь честных миллионеров в бывшем Советском Союзе, — пробормотал Вейдеманис.

— Вот-вот. Я же говорю, что это советский синдром «недобитых интеллигентов». Хотя какой ты интеллигент. Они бы тебе и руки не подали в те времена. Ведь ты был офицером такой ненавистной организации. А ты еще жалуешься на своих мирных латышей. Давай сделаем так. Я сам позвоню Архипову и постараюсь тактично объяснить ему, что там нужен хороший адвокат, а не частный детектив. И моя поездка не принесет такой пользы, как работа профессионального адвоката.

– Он решит, что ты сумасшедший, отказываешься от его предложения.

– Он решит, что я порядочный человек, – возразил Дронго, – и, как бизнесмен, поймет, что я пытаюсь сохранить его деньги.

– Поступай как знаешь, – кивнул Эдгар. – Значит, сегодня в восемь часов вечера мы будем ждать Степанцева у себя?

– Да. И не забывай, что его рекомендовал сам Бурлаков. А академик не будет давать мой номер телефона кому попало. В этом я убежден.

Он замолчал и снова отвернулся. Машина затормозила у светофора.

– У тебя все в порядке? – неожиданно спросил Вейдеманис.

– Да, – ответил Дронго, глядя в окно, – все в идеальном порядке. За исключением того небольшого обстоятельства, что я начал задумываться над смыслом своей работы. Как ты думаешь, может, мне пора уходить на пенсию? Почти во всех странах мира именно в моем возрасте отправляют на пенсию комиссаров полиции и старых детективов.

– Именно в нашем возрасте человек становится мудрее, – возразил Эдгар, – опытные профессионалы работают консультантами, педагогами, руководителями разных курсов или просто советниками. Их нигде в мире не отпускают просто так. Ты это хотел услышать?

Дронго повернул голову и, улыбнувшись, взглянул на друга. Больше они не сказали ни слова, пока не доехали до дома.

Глава 2

Их небольшой офис располагался на проспекте Мира в Москве. Собственно, таких офисов было два — один в Москве, другой в Баку. Оба небольшие, трехкомнатные, в одной из комнат был кабинет самого Дронго, другая служила кабинетом для его напарников, а третья комната была своеобразной приемной, где работала секретарь — в те дни, когда самого эксперта не было в городе. Адреса офисов не афишировались и никогда не публиковались в открытой печати. О них знали только посвященные, которые появлялись здесь с ведома и согласия самого Дронго или его друзей. Ключи от московского офиса были только у двоих напарников — Эдгара Вейдеманиса и Леонида Кружкова, супруга которого числилась секретарем их небольшой компании. В отсутствие самого Дронго и Эдгара супруги Кружковы получали почту и отвечали на письма, приходившие в последнее время больше по электронной почте. Но в момент появления посетителей никого из них здесь не бывало. Это делалось и для удобства самих супругов Кружковых, и в целях их безопасности, чтобы посторонний человек не смог их увидеть. Только Вейдеманис и сам Дронго принимали здесь своих гостей.

В этот вечер сюда постучался Федор Николаевич Степанцев, главный врач хосписа, так настойчиво просивший об этой встрече.

Степанцев вошел, тщательно вытерев ноги о коврик. Снял свой плащ и шляпу, повесил их на вешалку. Ему было лет пятьдесят пять. Среднего роста, в очках, характерные для его возраста залысины, редкие седые волосы. Одет он был в довольно дорогой костюм, что сразу отметили оба эксперта. Галстук был подобран в тон голубой сорочке. Дорогая обувь дополняла его облик. Он взглянул на Вейдеманиса, который пригласил его пройти в кабинет. Дронго вышел из кабинета, чтобы поздороваться с гостем.

– Я много о вас слышал, – начал гость, – позвольте представиться. Федор Николаевич Степанцев. Как мне к вам обращаться?

— Меня обычно называют Дронго, — услышал он в ответ.

— Что ж известная кличка, — улыбнулся Федор Николаевич, входя в кабинет. — Вам нравится, когда вас называются именно так?

— Наверно, это уже привычка, — ответил Дронго. — Судя по всему, вы не только онколог? Я угадал?

— Моя профессия подразумевает, что я обязан быть еще и психологом, — пояснил Степанцев, усаживаясь на стул, — особенно учитывая состояние некоторых больных. Вообще-то я хирург, но практикую уже много лет. Простите, я представлял вас себе несколько иначе. Мне казалось, что вы старше и выглядите по-другому.

— Я знаю, — кивнул Дронго, — обычно мы рассчитываем интеллект по формуле «разум минус физическое совершенство». Нам кажется, что любой интеллектуал, претендующий на некие возможности, должен обладать тщедушным телом и внешностью придавленного своими возможностями Знайки из Солнечного города. Помните, была такая замечательная книга про коротышек и Незнайку?

— Помню, конечно, — улыбнулся Степанцев, — сам читал ее в детстве. Сколько лет уже прошло... Не меньше полувека. А вы ее помните?

– Во всех подробностях. Носов написал прекрасные книги. Особенно про путешествие на Луну. Первые опыты общения с капиталистами. Он как будто чувствовал, что произойдет в конце двадцатого века, когда люди начнут миллионами превращаться в обычных животных, оглупляемых телевидением и журнально-газетным гламурным валом. Но не будем отвлекаться. Итак, вы хотели со мной встретиться и для этого даже попросили академика Бурлакова дать вам мой номер телефона. Я могу узнать, чем именно вызван такой интерес?

– Да, конечно. Я поэтому и решил приехать именно к вам, – вздохнул Степанцев. Он оглянулся на Вейдеманиса.

– Это мой напарник и друг Эдгар Вейдеманис, – сообщил Дронго, – в его присутствии вы можете говорить обо всем.

– Я понимаю. Конечно, – Федор Николаевич нахмурился, характерным жестом поправил очки. – Дело в том, что я не совсем уверен, – сказал он, – но решил, что будет лучше, если я с вами посоветуюсь.

– Что именно вас беспокоит?

– Меня привели к вам странные обстоятельства, если не сказать больше. Возможно, трагические. Наш хоспис находится в Николаевске, это недалеко от Санкт-Петербурга. Не совсем обычный хоспис, вернее, не такой, как остальные. Вы наверняка представляете, как работает хоспис?

— В общих чертах. Признаюсь, что я не бывал в подобных местах.

— Вам повезло, — пробормотал Степанцев, — туда попадают люди на последних стадиях своих заболеваний. Одним словом — безнадежно больные, те, кого уже нельзя спасти. Четвертая стадия, самая разрушительная. Некоторые попадают к нам в уже бессознательном состоянии. Некоторые еще могут позволить себе «роскошь» провести в нашем заведении несколько месяцев. Мы стараемся изо всех сил — делаем все, чтобы облегчить их страдания. Иногда удается, иногда не очень. Иногда происходят срывы, в том числе и нервные. Иногда не выдерживает кто-то из персонала. Это тяжелая работа...

— Я был в лепрозории, — сказал Дронго, — там тоже нелегко. Но там хотя бы можно жить много лет. А в вашем заведении срок, очевидно, сильно сокращен...

— Вот именно. Больше года у нас никто не задерживается. Но я сказал, что у нас не совсем обычный хоспис. Дело в том, что наше учреждение создавалось как элитарный закрытый санаторий для сотрудников партийного аппарата. В восемьдесят пятом году было принято решение направлять сюда больных, которым уже нельзя помочь, чтобы не травмировать остальных. На Каширке тогда создавался крупный онкологический центр, но он занимался лечением больных, а у нас был этакий санаторий для самых безнадежных. Разумеется, тогда его никто не называл хосписом. Потом были девяностые, обычная разруха, все разворовали, унесли, санаторий даже успели приватизировать. Там большой участок земли, рядом подсобное хозяйство, лес, речка, чудесные места. Но хозяева оказались никудышные, основное здание было в таком ужасном состоянии, что требовался капитальный ремонт.

В девяносто девятом его выкупила администрация области, но ничего не успела сделать. Через несколько лет двое не самых бедных людей решили возродить санаторий. У одного из них была безнадежно больна супруга, а у другого скончалась мать. Они вложили довольно приличную сумму и отремонтировали наше здание. Между прочим, супруга, о которой я говорил, потом прожила в нашем хосписе целых восемь месяцев. Пять лет назад было принято решение о том, что создается попечительский совет из руководителей и крупных бизнесменов области. Сделали еще один ремонт, завезли новую технику, оборудование, а мне предложили стать главным врачом. Я тогда работал в облздраве. Должен сказать, что оклад мне предложили очень приличный, и я согласился. Тем более что от города до Николаевска ехать всего полтора часа, причем комфортно: рядом строят какой-то автомобильный завод, и к нам проложили очень приличную дорогу. И с тех пор попечительский совет помогает нашему хоспису, выделяя довольно впечатляющие суммы для его функционирования. Но и попасть к нам может не всякий, а только по рекомендации членов нашего совета. И даже в этих случаях родственники наших пациентов переводят довольно крупную сумму на их содержание...

— Хоспис для богатых людей, — нахмурился Дронго.

— Не для бедных, — кивнул Степанцев, — я хотел, чтобы именно в этом вопросе вы меня правильно поняли.

— Я полагал, что хосписы создаются для помощи людям, которые нуждаются в таких заведениях...

— Правильно полагали. Но среди заболевших бывают и весьма обеспеченные люди. Родные и близкие не могут или не хотят видеть их страданий, да и сами больные не всегда готовы публично демонстрировать свое состояние, подвергая нелегким испытаниям своих детей или внуков. Поэтому они предпочитают переехать к нам. У нас приличный уход и достойные условия. А родственники могут навещать их, у нас нет никаких ограничений — хотя, исходя из моего опыта, могу сказать, что такие встречи бывают тягостными для обеих сторон.

— Понимаю, — кивнул Дронго, — это действительно тяжкое зрелище. Но мне пока не совсем понятна причина, по которой вы решили так срочно со мной встретиться.

— Я вам скажу, — сообщил Федор Николаевич, — дело в том, что в нашем хосписе произошло убийство...

Наступило неприятное молчание. Вейдеманис грустно усмехнулся. Дронго мрачно взглянул на гостя.

— Убийство в хосписе? Убили кого-то из персонала?

— Нет. Нашего пациента. Точнее — пациентку.

— Простите, я не совсем вас понимаю. Вы сказали, что у вас находятся только безнадежно больные, четвертая стадия. Правильно я вас понял?

— Да, только так. Именно безнадежно больные.

— И кто-то убил вашу пациентку, которая все равно должна была умереть через несколько дней? — уточнил Дронго, взглянув на Вейдеманиса. У того было непроницаемое лицо.

— Да, — кивнул Степанцев, — именно поэтому я и пришел к вам. Это была наша пациентка, Боровкова Генриетта Андреевна. Может, вы слышали о ней? В семидесятые годы она была даже заместителем председателя Ленгорсовета. Уникальная старуха. Ей было уже под восемьдесят, а в этом возрасте болезни протекают очень вяло. Не так, как в молодости. Мы считали, что она в довольно тяжелом, но стабильном состоянии, и не подключали ее к аппаратуре, хотя она лежала в реанимационной палате. Наш дежурный врач вечером обходил все палаты и ничего странного не обнаружил. А утром мы нашли ее мертвой.

— Как ее убили?

— Мы сначала даже ничего не поняли. Решили, что она умерла во сне. Ведь у нее были метастазы по всему телу. У нее обнаружили еще лет пятнадцать назад опухоль в груди. Сначала пробовали обычные методы, она даже ездила куда-то в Германию. Потом выяснилось, что химиотерапия ей не помогает. Через несколько лет пришлось пойти на операцию. Ей удалили левую грудь, но было уже поздно. Она прибыла к нам три месяца назад в уже безнадежном состоянии. Наш дежурный врач был убежден, что она умерла именно из-за этого. Должен сказать, что у нас нет морга в привычном понимании этого слова. Наш патологоанатом давно уволился, и не всякий соглашается работать на его месте. Да он нам и не очень нужен, ведь причины смерти всегда настолько очевидные, что мы стараемся щадить чувства родственников и выдаем им тела без обычного вскрытия. В данном случае дежурный врач констатировал смерть, тело увезли в наш «холодильник», как мы его называем. И перед тем как выдать его родственникам, они должны были получить мою подпись. Обычная формальность. Справки подписывает сам главный врач. И я всегда их подписываю. А здесь решил посмотреть...

Степанцев тяжело вздохнул, снова поправил очки.

– Не знаю почему. Может, потому, что она всех доставала своими глупыми придирками, особенно меня. В общем, я решил сам посмотреть. Забыл вам сказать, что в молодости я работал с сотрудниками милиции, — пояснил он, — дежурил с ними по ночам и знаю, как выглядят задушенные люди. Как только я увидел лицо покойной, так сразу и подумал, что это не метастазы. Я отложил выдачу тела и отправил его в город на экспертизу. Если бы вы знали, как меня ругали родственники Боровковой, которые приехали забирать ее! Они даже пожаловались губернатору. Но я настаивал на своем. В морге тоже не хотели возиться с телом из хосписа. Любой врач, который имел хотя бы небольшую квалификацию, сразу понимал, чем именно она страдала и от чего могла умереть. Достаточно было посмотреть на последствия химиотерапии — она носила парик — и увидеть следы после операции. Да еще в ее истории болезни было написано столько ужасов... Тело продержали в морге два дня. Но я продолжал настаивать. Мне выдали официальный документ, что она умерла от метастазов, поразивших ее тело. Но даже после этого я попросил руководителя лаборатории самому проверить мою версию. К этому времени уже была объявлена дата официальных похорон, куда должно было приехать руководство города и области.

Даже наши сотрудники считали, что я просто сошел с ума и испытывал к погибшей личную неприязнь. В одной из местных газет написали, что главный врач одной из больниц не дает похоронить свою бывшую пациентку и издевается над ее телом даже после смерти, имея в виду именно меня.

Тогда я сам поехал в лабораторию и попросил Михаила Соломоновича Глейзера посмотреть на тело перед тем, как его выдать. Михаил Соломонович работает патологоанатомом уже сорок пять лет. Ошибиться он не мог. Но к этому времени в дело вмешалась сама губернатор области. Тело приказали немедленно выдать и похоронить. Глейзер человек очень опытный и умный. Он подписал все необходимые документы и распорядился выдать тело. Но перед этим, как настоящий врач, успел зайти и посмотреть на нее лично. Однако не стал возражать, когда приехавшая делегация забрала тело. Похороны показали даже по местному телевидению. Я не решился пойти туда, чтобы меня не линчевали. Все говорили о том, какой я негодяй. А на следующий день мне позвонил Михаил Соломонович.

Когда мы с ним встретились, он признался, что моя версия имеет гораздо больше оснований, чем заключение его сотрудника. Тот просто отписался, даже не проведя положенного вскрытия. На мой вопрос, почему он не остановил выдачу тела и не опротестовал решение своего коллеги, Глейзер грустно ответил, что ему позвонили сверху и приказали немедленно выдать тело. Вы знаете, что он мне сказал? Вы даже не поверите.

«Мой отец, Соломон Борисович Глейзер, был арестован в сорок девятом году только потому, что отказался подписать липовый акт о смерти забитого на допросе заключенного, бывшего партийного чиновника, которых арестовывали в Ленинграде по известному делу Вознесенского-Кузнецова. И семь лет отец провел в лагерях. От меня потребовали на комсомольском собрании отречься от него. Я отказался отрекаться, просто не мог предать своего отца. Тогда меня исключили из комсомола и выгнали из школы. Мне пришлось пойти работать и учиться в вечерней школе. Спустя полвека история повторяется — уже не в виде такой трагедии, но и не в виде фарса. Мою дочь должны утвердить главным врачом четвертой поликлиники. Документы находятся на рассмотрении в администрации губернатора. И если в этот момент я начну настаивать на вашей версии и сорву официальные похороны, на которые должны приехать ответственные московские чиновники, то моя дочь никогда не получит этой должности. И будет помнить об этом всю жизнь. Я никогда не обвинял своего отца. Но как поведет себя моя дочь? Или мой зять, ее муж? У них и без меня хватает своих проблем. Я не хотел об этом даже думать. Как, вы считаете, я должен был поступить? Ведь с телом все равно ничего не будет, и мы при желании можем добиться эксгумации по вновь открывшимся обстоятельствам уже после того, как все несколько уляжется».

— Его можно понять, — заметил Дронго, — этот страх уже генетически сидит в людях, чьи родные и близкие подверглись репрессиям. Я до сих пор не могу понять, как можно было делать героя из Павлика Морозова, предавшего собственного отца. Или требовать от комсомольцев выступать на собраниях с осуждением собственных родителей. Наверно, пройдя через подобное чистилище, нельзя оставаться прежним человеком.

— Не знаю, я тогда не жил. Трудно сказать, как бы мы с вами поступили в то время, — признался Степанцев, — возможно, также осуждали бы родителей или позволили бы исключить нас из комсомола за наше нежелание предавать собственных отцов. Но я понимаю мотивы Михаила Соломоновича. И не осуждаю его. Однако теперь я был точно уверен, что ее задушили. Сначала я решил обратиться в милицию, но затем передумал. Ведь я обязан буду официально заявить о случившемся в нашем хосписе. Что тогда произойдет? Во-первых, меня накажут за случившееся, если даже сразу не снимут с работы. Во-вторых, начнется скандал с эксгумацией трупа, меня тут же обвинят в том, что я не хочу оставить ее в покое после смерти. Не скрою: она была конфликтным человеком и у нас происходили различные стычки, что сразу используют против меня. И, наконец, в-третьих, нет никаких доказательств. Есть официальный документ о ее смерти, который подписан мною и заверен Глейзером. Нам просто не поверят или обвинят в должностном подлоге. Еще неизвестно, что хуже. Поэтому я решил обратиться именно к вам. Возможно, вы сумеете мне помочь. И уже тогда, опираясь на результаты вашего расследования, я потребую официального возбуждения уголовного дела.

Дронго взглянул на Вейдеманиса. Тот молча пожал плечами. Такого необычного дела у них никогда еще не было.

– Если бы не ее неожиданная смерть, – уточнил Дронго. – Когда она могла умереть? Назовите самый крайний срок.

– Две или три недели. Хотя иногда случаются чудеса. Но в ее случае... Две недели, не больше. Она уже начинала заговариваться.

– У вас могли быть посторонние в помещении в ту ночь, когда она умерла... или была убита.

– Нет. У нас на улице повсюду установлены камеры. Для наблюдения за больными, если они выйдут погулять в сад. Но в здании камер нет. Считается неэтичным подглядывать за больными. Хотя я просил несколько раз установить камеры и в каждой палате. Да и больных у нас не так много. В ту ночь почти никого из персонала не было. Именно это беспокоит меня больше всего. Почему ее убили и кто это мог сделать?

– Полагаю, что первый вопрос самый важный. Причина? Кому понадобилось убивать человека и так приговоренного к смерти? Если мы будем знать ответ на этот вопрос, то найдем ответы и на все остальные, – сказал Дронго.

– Я понимаю, что вы частный эксперт, – пробормотал, явно смущаясь, Степанцев, – и

2-4598

если вы согласитесь... Я готов оплатить вам ваши расходы...

— Господин Степанцев, — поднялся со своего места Дронго, — должен вам заметить, что своих обидчиков я легко спускаю с лестницы. И только из уважения к вашей профессии и вашей нелегкой работе я не считаю ваши слова оскорблением. Надеюсь, вы понимаете, что я не могу брать деньги за работу в хосписе. Когда вы уезжаете обратно?

— Завтра утром. У меня самолет на Санкт-Петербург.

— Я предпочитаю ездить поездом. Завтра вечером мы будем у вас. Надеюсь, что до этого времени у вас не произойдет ничего страшного.

Глава 3

Степанцев согласно кивнул. Было заметно, как он нервничает. Эдгар налил ему стакан воды, и врач залпом выпил ее. Поблагодарил, возвращая стакан.

— У нас элитарный хоспис, — криво улыбнулся гость, — вы понимаете, что и пациенты не совсем обычные, да и зарплата у меня на порядок выше, чем у остальных главных врачей. Поэтому охотников на мое место хватает. Достаточно только один раз ошибиться...

– Я вас понимаю. У вас много пациентов?

– Нет. Не каждый может к нам попасть. В ту ночь было четырнадцать человек больных. Из них пятеро тяжелых. Они не могли самостоятельно передвигаться. Остаются девять человек.

– Тоже больных?

– Да. Но для того чтобы накрыть беспомощную старуху подушкой, много сил и не требуется.

– У вас большой персонал?

– Двадцать семь человек, включая меня.

– Не слишком ли много на четырнадцать больных?

– Нет. Обычная практика. У нас после дежурства врачи должны сутки отдыхать. Как минимум. Работа не для слабонервных, некоторые не выдерживают. Кроме того, у нас свое подсобное хозяйство, два водителя, повара, санитарки, нянечки, сторожа.

– И сколько человек работали в ту ночь?

– Четверо. Дежурный врач, сторож, две санитарки. Больше никого. Последним уехал я со своим водителем. Потом ворота закрылись. Двери обычно тоже закрываются, чтобы никто не беспокоил наших пациентов. На окнах решетки. Управление МЧС уже дважды присылало нам свои предписания, чтобы мы сняли решетки, но мы их не снимаем. У нас очень хорошая противопожарная система, везде установлены датчики, в случае необходимости сработает автоматика и вода потушит любой пожар. Здание двухэтажное, и все палаты находятся на первом этаже. А все административные помещения — на втором. И реанимационные палаты для тех, кто уже не в состоянии двигаться. Для перевозки больных у нас есть даже лифт в нашем основном здании.

— Есть и другие здания?

— Конечно. Еще два здания примыкают к нашему. В одном — наш «холодильник», куда мы отправляем пациентов перед тем, как выдать их родственникам. В другом — разделочный цех. У нас там своя живность: курицы, утки, даже своя корова есть. Сторожа за ними следят. Там есть и для них помещение.

— Значит, сторож не может войти ночью в основное здание?

— Теоретически нет. Они никогда не заходят. Но практически, конечно, мог. У наших сторожей есть свои запасные ключи от дверей. Однако я не помню ни одного случая, чтобы они появлялись у нас после отбоя, если их специально не вызывали. Сторожа нормальные люди и понимают, какие пациенты находятся в нашем хосписе.

– Сколько у вас врачей?

– Восемь человек. Я и мой заместитель освобождены от дежурства. Остальные дежурят по очереди. Четверо женщин и двое мужчин. Один из них – наш ведущий сотрудник Сурен Арамович Мирзоян; он как раз специалист в области онкологии, и я разрешаю ему консультировать и в больнице Николаевска. Очень толковый врач. Но в ту ночь был другой сотрудник – Алексей Мокрушкин. Такая немного смешная фамилия. Он самый молодой среди нас. Ему только двадцать девять. В Николаевске у него живет семья, и поэтому он охотно пошел к нам на работу.

– Давно работает?

– Уже второй год. Хороший парень, но звезд с неба не хватает. В семнадцать окончил школу и ушел в армию. В девятнадцать вернулся. Пытался поступить в институт, ничего не получилось. На следующий год опять не вышло. Только с третьей попытки поступил, да и то в какой-то провинциальный медицинский институт в Челябинске. Кажется, там у него работала тетка. Проучился шесть лет и приехал сюда. Работал в больнице Николаевска на полставки. А у него семья, маленький ребенок. В общем, попав к нам, был счастлив как никогда, зарплата выросла сразу в четыре раза. Он, конечно, не самый опытный врач, но у него есть терпение, которого часто не хватает другим. В армии он тоже работал в санитарной службе, поэтому решил поступать в медицинский.

— Ясно. А ваш сторож?

— Асхат Тагиров, татарин. Ему уже за пятьдесят. Раньше у нас было три сторожа, но один уволился и уехал куда-то на Украину, или, как сейчас правильно говорить, в Украину. А Асхат остался. Он работает на пару вместе с другим сторожем — Савелием Колядко. И получают они соответственно по полтора оклада. Их это устраивает. Нас тоже — не нужно искать чужих людей. Оба сторожа — люди надежные, работают у нас уже давно. Следят за «зоопарком», как мы называем нашу живность. Савелий женат, у него дочь и двое внуков. А у Асхата жена умерла несколько лет назад, а сын живет где-то в Казани. Поэтому он один, и ему даже удобнее все время быть у нас, вместе с людьми. Он тоже живет в Николаевске.

— А две ваши санитарки?

— Одна нянечка, другая санитарка. Хотя обе числятся санитарками. Там оклад немного разный. Старшая — Клавдия Антоновна Димина, она у нас уже лет тридцать, еще до меня работала. Ей уже под шестьдесят. Очень толковая женщина, на нее можно положиться. Я обычно оставлял ее в паре с Мокрушкиным, чтобы она ему помогла в случае необходимости. Она как бы считается нашей главной санитаркой. А еще молодая – Зинаида Вутко. Она тоже местная, работает у нас только четыре месяца. Ей около тридцати, раньше работала в поликлинике, но там оклад небольшой. Разведена, воспитывает сына. Он уже школьник. Когда у нас освободилось место, Клавдия Антоновна предложила мне взять эту молодую женщину. Я побеседовал с ней и согласился. Она весьма дисциплинированная и энергичная молодая женщина. У нас ведь работа тяжелая, приходится убирать за больными, ухаживать за ними...

– Четверо сотрудников вашей больницы, – подвел итог Дронго. – Но вы сказали, что в эту ночь было четырнадцать больных?

– Пятерых можете смело отбросить, – сразу ответил Степанцев, – они просто не смогли бы самостоятельно подняться. Двое вообще были подключены к аппаратуре искусственного дыхания. Поэтому пятерых нужно убрать. Остаются девять человек. И все девять – тяжелобольные пациенты, каждому из которых осталось жить не больше нескольких месяцев. Некоторым и того меньше.

— У вас с собой список этих пациентов? — уточнил Дронго. — Давайте вместе его просмотрим.

— С чего вы взяли? — удивился Степанцев. — Почему вы так решили?

— Разве он не лежит у вас в кармане?

— Верно. Он действительно у меня с собой. Но как вы догадались?

— Вы ведь решили со мной встретиться еще несколько дней назад, — пояснил Дронго, — значит, готовились к этой встрече, пытались анализировать, кто из ваших пациентов или сотрудников мог совершить подобное преступление. Судя по тому, как точно вы знаете, что Мокрушкин учился в Челябинске, а сын Асхата Тагирова живет в Казани, вы анализировали этот список долго и тщательно, пытаясь понять, кто из них может быть главным подозреваемым.

— Все правильно, — несколько озадаченно кивнул Федор Николаевич, — я действительно пытался сам определить, кто мог совершить такой дикий поступок.

— Преступление, — поправил его Дронго. — Если даже она погибла за минуту до своей естественной смерти, то это называется особо тяжким преступлением. Во всем мире.

– Да, наверно. Но непонятно, кому и зачем это было нужно.

– Вернемся к вашим пациентам. Значит, четырнадцать человек. Молодые среди них есть?

– Трое, – ответил Степанцев, – иногда эта болезнь не щадит и детей. У нас всего пять пациентов до пятидесяти лет. Мы считаем их молодыми. Но двое уже не могут самостоятельно ходить, а один при смерти – остались буквально считаные часы. Вторая женщина под капельницей. Она тоже не смогла бы подняться. Значит, они отпадают. Остаются трое, о которых я говорил. Две женщины – Эльза Витицкая и Антонина Кравчук. И мужчина – Радомир Бажич.

– Он серб или хорват? – уточнил Дронго.

– Нет, кажется, он из Македонии. Вернее, его отец из Македонии, а мать из Белоруссии. Мы потом уточнили, у них в семье наследственные патологии. Отец и дед умерли от схожей болезни в сорок пять и сорок семь лет. У них редкое заболевание мозга. Операции делать бесполезно, можно повредить структуру личности, а химиотерапия в таких случаях просто опасна. Мы можем только помочь облегчить страдание. Но он еще в состоянии двигаться и говорить. Хотя понятно, что срыв может произойти в любой день.

— Сколько у него времени?

— Месяц, от силы два. Боли уже начались, мы делаем ему уколы успокоительного, каждый раз немного увеличивая дозу.

— Простите за дилетантский вопрос. Никто из ваших пациентов не мог совершить преступление, находясь в стадии невменяемости? После ваших препаратов может наступить такая реакция?

— Нет. Абсолютно исключено. Мы не даем подобных возбуждающих средств. Люди и так находятся под диким стрессом, любой подобный препарат может вызвать просто неуправляемую реакцию. Вы можете себе представить, что многие из них, даже в таком положении, надеются на чудо.

— Такова человеческая природа. Вы сказали, что две женщины еще молоды...

— Да. У Антонины проблемы с кожей. Уже появились характерные симптомы, указывающие на последнюю стадию. У Эльзы неоперабельная онкология груди.

— Как вы все это выносите! — вырвалось у Дронго. — Нужно обладать большим запасом оптимизма, чтобы работать в вашем заведении.

– Это моя работа, – вздохнул Степанцев, – только в отличие от других больниц в нашей не бывает выздоравливающих.

– Никогда?

– Кроме одного случая. На моей памяти случился только один. Пациентку привезли с подозрением на четвертую стадию. Анализы подтвердили самые худшие опасения. Но она неожиданно начала выздоравливать. Я до сих пор считаю, что тогда произошла просто врачебная ошибка в ее диагностике. Но вся загадка в том, что я ее сам осматривал и тоже был убежден в правильности диагноза. Она выписалась через два месяца и уехала. А нам на память оставила иконку, перед которой все время молилась. Я не очень верующий человек в силу моей профессии. Трудно разглядеть душу там, где так страдает тело. Но в тот момент, признаюсь, что я заколебался. Вот это – единственный случай. Но такие парадоксы случаются, когда речь идет о поджелудочной железе. Сложно диагностировать правильно, еще сложнее вовремя начать лечение. В советское время Чазов ввел диспансеризацию для всех ответственных партийных работников. До сих пор вспоминают, что смертность от сердечно-сосудистых и онкологических заболеваний снизилась тогда в разы. Сейчас этого нет, и больных привозят к нам уже в крайне тяжелом состоянии.

— Чем занимались все трое до того, как попали к вам?

— Радомир работал ведущим специалистом — кажется, в филиале известной немецкой компании. Они перевели нам деньги за его лечение. Витицкая была ведущей на телевидении в Новгороде. Очень эффектная женщина, нравилась мужчинам. Была трижды замужем, но детей не было. А вот у Антонины Кравчук в ее сорок четыре года уже трое взрослых девочек. Муж — состоятельный бизнесмен, и она сама настояла, чтобы переехать сюда и не травмировать своих дочек. Старшей уже двадцать два года. Насколько я понял, у нее уже есть жених. И мать не захотела, чтобы ее видели в таком состоянии. Особенно жених ее дочери. Да и остальным она была бы в тягость. Вы можете себе представить, какие изменения бывают при ее болезни?

— Не нужно рассказывать, — попросил Дронго, — я все равно завтра к вам приеду. Понимаю, насколько трагичными могут быть истории каждого из ваших пациентов. Сейчас я думаю, что любые деньги, которые вам могут платить, – слишком малая плата за то, что вы видите.

– Вы же сказали, что были в лепрозории, – напомнил Степанцев, – разве работать с прокаженными легче? Или в сумасшедшем доме, где ваш пациент может выкинуть все, что угодно? В любой сельской больнице в течение года происходит столько непредвиденных и малосимпатичных событий, что можно было снять целый сериал. Страшный и откровенный одновременно.

– Поэтому я всегда относился с особым пиететом к представителям вашей профессии, – признался Дронго. – Давайте дальше. Остается еще шесть человек.

– Двое мужчин и четыре женщины, – сказал Степанцев, доставая свой список. – Мужчины – Арсений Угрюмов и Константин Мишенин. Женщины – Марина Шаблинская, Елена Ярушкина, Казимира Желтович и Тамара Забелло.

– У вас там указаны их бывшие профессии?

– Конечно. Угрюмов работал на Севере, ему уже пятьдесят четыре года. Известная российская нефтяная компания. Они его к нам и определили. Типичный синдром – больная печень. Там, на Севере, иначе просто не выжить.

Некоторым удается вовремя остановиться. Ему не удалось. Он перенес желтуху уже в подростковом возрасте, и это дало рецидив. Ему просто нельзя было так злоупотреблять алкоголем, но он уверял меня, что иначе там нельзя. Я думаю, что он говорил правду. Константин Мишенин был акционером компании, занимавшейся переработкой леса, входил в состав директоров компании. Ему уже пятьдесят девять. Вполне обеспеченный человек. У него проблемы с почками. Одну уже удалили, но, судя по всему, вторая тоже поражена. Первую операцию делали в Великобритании два года назад. Тогда ему сказали, что у него есть все шансы на выздоровление. Но сейчас начала отказывать вторая почка. Так иногда случается: болезнь переходит на вторую почку, и остановить ее практически невозможно. Он сам понимает, что помочь ему уже нельзя. Даже иногда шутит по этому поводу.

— Они находятся... как-то вместе?

— Мишенин с Бажичем, а Угрюмов сейчас один. Его напарника перевели в реанимацию, он совсем плох. Это тот, о котором я говорил. Он при смерти, и я думаю, что речь идет уже о последних часах. Но у нас на первом этаже еще шесть женщин. Двое, о которых я говорил. Они как раз вместе, им так удобнее. Витицкая и

Кравчук. Общие интересы, общие разговоры. И еще четверо. Шаблинская – бывшая балерина, прима Мариинки, блистала в семидесятые годы. Говорят, что была протеже самого первого секретаря обкома; возможно, это слухи. Сейчас ей уже под семьдесят. Старается держаться, но знает свой диагноз. У нее проблемы с кишечником, уже дважды вырезали, но в последней стадии нельзя ничем помочь. Я думаю, что ее погубили все эти новомодные диеты. Говорят, что она танцевала почти до сорока пяти лет. Вторая – Елена Геннадьевна Ярушкина, супруга бывшего министра Павла Ярушкина. Был такой министр общего машиностроения, известный генерал, академик, лауреат. Он давно умер, но остались родственники и друзья, которые и определили ее к нам. Она находится в одной палате с Шаблинской, и, кажется, они были знакомы и раньше.

Следующая – Казимира Желтович, ей уже далеко за восемьдесят. Возможно, она наш самый почетный «долгожитель». В ее возрасте все процессы происходят гораздо медленнее, и у нее есть все шансы провести у нас еще целый год. Или немногим меньше. Ее внучка – супруга нашего вице-губернатора, вот она-то ее к нам и определила. Казимира Станиславовна раньше лежала в палате с Идрисовой. Эта женщина, которая сейчас лежит под капельницей. Ей совсем плохо. А саму Желтович мы перевели в другую палату. Хотя ей это было не очень приятно. Да и соседка ее была недовольна. А она — как раз четвертая женщина из тех, о которых я хотел вам рассказать. Раньше она оставалась с Генриеттой Андреевной. Они тоже были знакомы по прежней работе. Сама Тамара Рудольфовна Забелло, бывший директор текстильной фабрики, легендарная женщина, Герой Социалистического Труда. Она сама переехала к нам, решив не беспокоить своего сына и внуков. У нее рак крови. В ее состоянии нужно проводить систематическое переливание крови. Раньше это как-то помогало, но в последнее время организм уже не справляется. Мужественная женщина. Вот, собственно, и все. Только эти девять человек и четверо из нашего персонала могли ночью войти в палату Боровковой.

— Ваши больные спят в палатах по двое?

— На первом этаже — да. Но самые тяжелые — уже на втором этаже, по одному. В реанимации. Нельзя, чтобы другие видели, как они уходят. Это зрелище только для наших глаз.

— Значит, погибшая была одна?

— Да, в палате реанимации на втором этаже.

Все знают, что если переводят туда, значит, положение совсем отчаянное. Они даже шутят, что пациентов отправляют наверх постепенно — сначала на второй, а потом на небо. Вот такие горькие шутки. Боровкова была на втором этаже. В соседнем кабинете находился наш дежурный врач, но он ничего не слышал. У больных есть кнопка срочного вызова. У всех больных. И этот сигнал идет и в комнату врача, и в комнату санитарок. Кроме того, наши санитарки обходят всех пациентов каждую ночь несколько раз. Это обязательное правило.

— А заснуть они не могли?

— Все трое? Нет, не могли. Мокрушкин очень ответственно относится к своей работе, я даже представить не могу, что он мог бы уснуть во время дежурства. И Клавдия Антоновна очень дисциплинированный человек. Нет-нет, это исключено.

— И никто ничего не слышал?

— Я разговаривал с каждым. Никто ничего не слышал.

— Вы объяснили им, почему задаете такие странные вопросы?

— Нет. Они знают, что меня интересуют все мелочи, все происходящее в нашем хосписе. Иначе нельзя. Я ведь не просто главный врач нашего учреждения. Я одновременно директор и руководитель, который отвечает за все, что у нас происходит.

— У вас есть свой завхоз?

— Конечно, есть. Кирилл Евсеев. Он — моя правая рука, даже больше, чем заместитель.

— А кто ваш заместитель?

— Светлана Тимофеевна Клинкевич. Она работает у нас только с прошлого года. Ее супруг — один из руководителей облздрава.

Он сказал это ровным и спокойным голосом, но что-то заставило Дронго насторожиться.

— Сколько ей лет?

— Тридцать шесть. Молодая и перспективная кандидат наук, — сказал с явной иронией Степанцев. — Представьте себе, сегодня в хоспис идут даже ученые.

— Она живет в Николаевске?

— Нет, в самом центре Санкт-Петербурга. И служебная машина супруга каждый рабочий день привозит и увозит ее обратно. Можете сами подсчитать, сколько бензина уходит на такую дорогу.

— Вы говорили, что у вас удобная дорога, — напомнил Дронго.

— И поэтому сюда можно гонять служебную машину?

— Но вы тоже ездите туда на служебной машине.

— Которая принадлежит нашему хоспису, — вспыхнул Степанцев.

— Кандидат на ваше место, — все понял Дронго.

— Очевидно, — кивнул Федор Николаевич, — она считает, что так быстрее сделает карьеру. Она думает о своей карьере, а я — о своем учреждении. И все, что она делает или сделает, будет лишь для показухи и выдвижения. Но разве в наши дни кто-нибудь интересуется такими «мелочами»?

— Это через нее узнали о смерти Боровковой?

— Безусловно. И она же организовала утечку информации в прессу о таком чудовищном вампире, как я. В общем, все понятно: обычные интриги на работе. У нас большой бюджет, есть много поводов для организации проверок. Особенно когда твой муж работает первым заместителем руководителя облздрава. С ее приходом наш коллектив начало лихорадить. Раньше такого никогда не было. Но это тоже нужно пережить. Я надеюсь, что ее уберут наверх, минуя мою должность.

— Даже в таком заведении, как ваше, есть свои внутренние интриги, — понял Дронго.

— А где их нет? Люди не меняются. Их вообще невозможно изменить. Поэтому я такой убежденный атеист. Людей не пугают даже возможные адские муки. И в раю, и в аду они будут вести себя так же, как и здесь. Абсолютно одинаково. Поместите группу людей в замкнутое пространство — и там начнут проявляться все их лучшие и худшие качества. С космонавтами работают опытные психологи, а когда этого нет, получается обычный коллектив со своими нравами и сварами. Знаете, что самое смешное? Если мой заместитель узнает о том, что Боровкова умерла не своей смертью, она обвинит в этом именно меня. Не в убийстве, конечно, а в сокрытии этого преступления. И никто даже не вспомнит, что именно она организовала через своего супруга и эту гнусную статью против меня и настроила губернатора, чтобы как можно быстрее похоронить нашу пациентку. Поэтому я буду просить вас работать так, чтобы наши сотрудники ничего не поняли. Иначе вам просто не дадут работать. А меня отстранят от должности до завершения расследования. Вот теперь у меня все.

— Мое появление сложно будет скрыть от коллектива. Мне нужно беседовать с вашими сотрудниками и пациентами. Иначе я ничего не узнаю.

— Я об этом подумал. Учитывая вашу внешность восточного человека, мы выдадим вас за специалиста из Башкирии. Тогда все поверят, что вы приехали именно оттуда.

— Почему из Башкирии?

— У нас в прошлом году был пациент, дядя премьер-министра Башкирии. Племянник приезжал лично навестить своего дядю. Вы, наверно, знаете, что на Востоке не принято сдавать родственников в хоспис, как бы сильно они ни болели. Но это был брат его матери, он всю жизнь прожил в Санкт-Петербурге и работал главным инженером камвольного комбината. Рак легких, усугубленный профессиональным заболеванием и его привычкой выкуривать три пачки сигарет в день. Конечно, спасти дядю мы не могли, но премьеру понравилось наше отношение к тяжелобольным, и он решил построить нечто подобное и у себя. В прошлом году приезжали двое специалистов из Башкирии за опытом, жили у нас три дня. Если вы приедете вдвоем, то я скажу, что вы прибыли именно оттуда. Выдам вас за врачей, и тогда вы сможете разговаривать со всеми, с кем посчитаете нужным. Мне поверят...

— Завтра вечером мы приедем, — решил Дронго, — скоростной поезд идет в Санкт-Петербург около четырех часов.

— Я пришлю за вами свою машину прямо на вокзал, — предложил Федор Николаевич, — водителя зовут Дмитрий. Он вас встретит.

— Это будет очень любезно с вашей стороны. Поезд приходит в районе пяти. На вокзальную суету прибавим минут десять-пятнадцать. И еще регистрация в отеле, хотя мы забронируем для себя номера в центре, недалеко от Московского вокзала. До вас ехать полтора часа. Значит, примерно в семь вечера мы будем у вас. К этому времени, я думаю, ваш заместитель уже покинет вверенное вам учреждение.

— Обязательно, — кивнул Степанцев, — она никогда не задерживается больше положенного времени. Ведь за ней приезжает машина супруга.

Глава 4

Когда их гость ушел, Вейдеманис закрыл за ним дверь и вернулся в кабинет.

— Мы действительно завтра едем туда? — уточнил он.

— А ты сомневаешься? — спросил Дронго.

— Если ты готов туда ехать, то должен понимать, насколько сложным и тяжелым будет это расследование. Возможно, самым тяжелым в твоей жизни. Ты никогда не был в таких местах. Там горе и отчаяние – постоянные составляющие жизни этих людей. Трагедия на трагедии, драма на драме. А мне не нравится твое состояние в последнее время. Ты считаешь, что выдержишь?

– Я думаю, что мне обязательно нужно поехать туда. Ради самого себя. Именно в таких местах начинаешь ценить чудо жизни, начинаешь понимать, какой бесценный дар ты получаешь в подарок и как бездарно ты его транжиришь. И еще... Я хотел просить тебя поехать туда вместе со мной.

– Мог бы и не просить. Я бы все равно не отпустил тебя одного. Как говорят в таких случаях, «у каждого Шерлока Холмса должен быть свой доктор Ватсон».

– Тогда начни писать рассказы о наших приключениях. Может, когда-нибудь их опубликуют, – пошутил Дронго.

– С удовольствием. Только сейчас не девятнадцатый век, и после первой же книги ты попросту не сможешь проводить свои расследования. Журналисты и так сделали все, чтобы твое имя стало нарицательным.

– Это верно, – пробормотал Дронго, – какой может быть известный эксперт или аналитик, если про него знает каждая собака? Шерлок Холмс ходил бы по Лондону в сопровождении группы журналистов и зевак, которые не давали бы ему работать. Эркюль Пуаро должен был бы целый день раздавать автографы, а комиссар Мегрэ — не сходить с телевизионных экранов. Нет, лучше пусть твои мемуары опубликуют лет через сто. Так будет спокойнее. Тогда и выяснится, чего мы все сто́им.

— Что будет через сто лет, никто из нас не знает. А чего ты сто́ишь, я знаю и сейчас, — заметил Эдгар. — Если собрать вместе всех, кому ты помог, восстановил доброе имя, вернул имущество, заставил поверить в силу закона и вообще — в человека, то их наберется, пожалуй, на большой поселок городского типа. А это самое главное в нашей профессии.

— Опять ненужный панегирик, — рассмеялся Дронго, — заканчиваем беседу. Ты заказываешь нам два билета, а я еду домой собирать вещи. И не забудь, что мы теперь с тобой два дипломированных врача из Башкирии. Встретимся завтра, на вокзале.

На следующий день они выехали из Москвы. «Красная стрела» идет из одного города в другой в течение восьми-девяти часов, по этому маршруту путешествовали многие известные люди – партийные работники, ученые, депутаты, режиссеры, актеры, туристы и просто гости обеих столиц, для которых передвижение в этом легендарном поезде было настоящим событием. Но со временем все меняется, и не всегда в худшую сторону. Поезда стали ходить гораздо быстрее – теперь они совершали свой маршрут за четыре часа. И хотя «Красная стрела» все еще оставалась легендой Российских железных дорог, все больше пассажиров предпочитали добираться до нужного места за четыре часа вместо девяти.

Поезд прибыл в Санкт-Петербург почти точно по расписанию. Захватив свои небольшие сумки, оба гостя вышли на перрон. У первого вагона их уже ждал высокий рыжеволосый молодой человек лет тридцати. Это и был водитель Дмитрий, которого прислал Степанцев. Забрав обе сумки, водитель отнес их к машине. Новый белый «Ниссан», на заднем сиденье которого они разместились, производил впечатление.

– У главного врача хосписа такая машина... – заметил Эдгар, выразительно взглянув на Дронго.

– Сейчас так принято, – ответил тот.

Когда они начали осторожно выезжать со стоянки, водитель повернул голову:

– Куда едем?

– Сначала в отель, – попросил Дронго, – оформимся и сразу поедем к вам. На несколько минут, только оставим вещи.

– Какой отель? – уточнил водитель.

– «Европа». Он здесь неподалеку.

– Знаю, конечно, – ответил Дмитрий, – шикарный отель. Хорошо живут врачи у вас в Башкирии, если вы можете позволить себе такой дорогой отель.

– Мы не на свои деньги, а на командировочные. Нам заказали там номера, – соврал Дронго.

– Понятно. Если вас сам премьер-министр присылает... У вас там есть нефть, поэтому вам легче.

К отелю они подъехали через несколько минут. Процедура регистрации заняла тоже несколько минут. Дронго попросил поднять их сумки в номера. Затем взглянул на своего напарника.

– С отелем получилась накладка. Наша страсть к роскошным гостиницам может нас подвести. Двое командированных врачей живут в таком шикарном отеле. Ты видел, как он удивился?

— Не забудь о премьер-министре, — напомнил Эдгар. — К тому же мы для экономии живем в одном номере. Во всяком случае, так можно говорить.

— Лучше вообще обходить эту тему стороной, — посоветовал Дронго, — чтобы потом не поймали на вранье. Хотя водитель наверняка всем расскажет, где именно мы остановились. Нужно было подумать об этом заранее. Это наш небольшой прокол. Поехали быстрее.

Они уселись в машину. Дмитрий одобрительно кивнул, отъезжая от отеля.

— Наверно, шикарные номера? — спросил он.

— Нет, — ответил Дронго, — самый дешевый двухместный номер. Небольшая комната. Нам на другую денег бы не хватило.

— Это ясно. Чиновники везде экономят, — согласно кивнул водитель.

Дронго решил перевести разговор на другую тему.

— Федор Николаевич говорил, что у вас два водителя. А чем занимается второй? — уточнил он.

— Он работает с нашим завхозом, — пояснил Дмитрий.

— И тоже на «Ниссане»?

— Нет, — рассмеялся водитель, — он работает на микроавтобусе. У него обычный «Хюндай». По утрам он привозит всех, кто едет из города, а вечером увозит. Но у некоторых есть свои машины, они сами добираются. А многие живут в Николаевске, и от нас в город ходит рейсовый автобус. Там недалеко, минут семь езды. В хорошую погоду можно дойти пешком минут за сорок — сорок пять. Многие так и делают. А водитель «Хюндая» Игорь Парнов обычно работает с нашим завхозом.

— Значит, у некоторых есть свои машины? — уточнил Дронго.

— Только у шестерых, — ответил водитель, — если не считать Светлану Тимофеевну.

— Почему не считать? — сразу спросил Дронго.

— Она не ездит на своей машине, ее обычно привозит муж. Она только с ним и ездит, хотя у них есть и собственные два автомобиля: джип и «Ауди». Об этом все знают, но она приезжает только на служебной машине своего супруга. Хотя их водитель мне говорил, что на дачу она ездит сама. Но это нас не касается. А шестеро остальных приезжают на своих машинах. Врача Ирочку Зельдину привозит муж, он работает в

Николаевске директором училища. Сурен Арамович Мирзоян приезжает на своей «Волге». Он у нас ведущий специалист. Люду привозит младший брат на своем «молоковозе», так мы называем его машину...

— Кто такая Люда? — поинтересовался Дронго.

— Наша санитарка, — объяснил Дмитрий, — А еще у Савелия, нашего сторожа, есть старый «Москвич», а у Асхата — «жигуленок» в хорошем состоянии. Но сторожам без машины никак нельзя, у них столько работы бывает...

— Пять, — подсчитал Дронго, — вы назвали пятерых, не считая Светланы Тимофеевны. А кто шестой?

— Людмила Гавриловна, — ответил водитель, — Людмила Гавриловна Суржикова, наш врач. Она тоже на своей «Мазде» приезжает. Я слышал, что ее хотели сделать заместителем, но потом передумали и к нам прислали Светлану Тимофеевну. А Людмила Гавриловна у нас давно работает, и все ее уважают — за характер и выдержку.

— А ваш шеф кого хотел назначить? — уточнил Вейдеманис, нарушая молчание.

— Конечно, Людмилу Гавриловну. Она у нас самый лучший специалист. Вы бы видели, как ее наши больные ждут, как они ей верят! Только в наше время разве ценят настоящих специалистов? — философски заметил водитель. — Вот поэтому к нам «варига» и прислали.

— Кого прислали? — переспросил Эдгар, скрывая улыбку.

— «Варига», — пояснил Дмитрий, — так все ее называют.

— Может, «варяга»? — поправил его Вейдеманис.

— Верно. «Варяга». Только она не понимает, что так нельзя было делать. Через головы людей перешагивать. Если у тебя муж большой начальник, то пусть он тебя куда-нибудь в другое место определяет, а не сюда, где люди живые мучаются.

Было понятно, что водитель разделяет точку зрения своего шефа на прибывшего заместителя. Водитель являл собой тот распространенный тип человека, который слышит все замечания и реплики своего шефа, умея делать из них нужные и правильные выводы. Поэтому он называл нового заместителя «варягом» и вместе со своим хозяином испытывал к ней антипатию. Это была обычная нелюбовь верного слуги к недругам его хозяина.

— Не любят ее в вашем коллективе? — поинтересовался Дронго.

— А где бы ее любили? — спросил Дмитрий. — Она у нас все равно чужой, пришлый человек. У нас своих кадров хватало. Того же Сурена Арамовича могли сделать заместителем. Или Людмилу Гавриловну. А вместо них прислали к нам эту молодую особу. Говорят, что она вообще специалист по глазам, а ее прислали к таким опытным онкологам, как наши врачи.

Он сказал это слово правильно, очевидно, много раз его слышал.

— Она, наверно, офтальмолог, — поправил его Дронго.

— Ну да, специалист по глазам. И не понимает, что у нас люди много лет работают и на эту тяжелую работу всю свою жизнь положили.

Водитель был явно идеологически и практически подготовленным человеком. Дронго и Эдгар переглянулись, скрывая улыбки.

— Вы давно работаете с Федором Николаевичем? — спросил Вейдеманис.

— Уже пять лет. С тех пор, как он перешел к нам главным врачом. Он ведь раньше в облздраве работал, а потом решил на самостоятельную работу перейти. Вернее, его выдвинули. Знали, что он мужик принципиальный, работящий и знающий. Вы бы видели, в каком состоянии наш хоспис был пять лет назад и каким сейчас стал. Он ведь деньги выбивать умеет и с людьми разговаривает как нужно. В общем, правильный мужик по всем статьям.

— У него есть семья?

— Конечно, есть. Жена, дочь, сын. Сыну уже под тридцать, он кандидатскую защитил. Специалист по физике. Вот только не женится никак, мать огорчается. Внуков хочет. А дочери только двадцать два, она оканчиват медицинский, хочет врачом быть, как отец.

— А жена не работает?

— Работает, конечно. Она у нас в архитектурном бюро ведущий специалист. Очень знающий человек. Это она помогла нам устроить сад вокруг нашего основного здания. Вы знаете, наши больные раньше не выходили гулять, а последние три года почти все, кто может ходить, гуляют в саду. Она там даже редкие деревья посадила, которые у нас вообще не растут. Пригласили специалиста из ботанического сада. Честное слово, вы сами увидите. У вас в Башкирии, наверно, погода куда лучше, чем у нас.

— Возможно, — согласился Дронго, не собираясь вдаваться в излишние подробности. — Ваши больные поступают обычно из города?

— У нас не совсем обычные больные, — пояснил словоохотливый водитель, — вы, наверно, знаете, что у нас не просто хоспис. Раньше это был закрытый санаторий ЦК КПСС для особых больных, которых уже нельзя было спасти, но и нельзя было показывать. Иначе все бы узнали самую большую тайну, что наши партийные чиновники болеют так же, как и обычные люди. А сейчас к нам поступают только те, кого согласится принять наш, как его правильно называют, совет... совет попечителей.

— Попечительский совет.

— Верно. Там заседают наши толстосумы, которые и являются нашими спонсорами. Вот почему у нас лежат все бывшие знаменитости. Один раз даже журналистка приезжала, хотела сделать репортаж, так ее наш завхоз очень деликатно так обматерил, и она больше у нас не появлялась. Поняла все без дальнейших пояснений.

— А вы знаете всех больных?

— Всех, кто к нам прибывает. Мы всех знаем. Кем раньше были, чем занимались. Люди известные. Вот, например, Тамара Рудольфовна. Про нее ведь легенды до сих пор ходят, та-

3-4598

кая требовательная женщина была. Или недавно умершая Генриетта Андреевна. Говорят, что она даже члену Политбюро могла высказать свое мнение, когда была с ним не согласна. Представляете, какая это была женщина?

— Нам рассказали, что она сильно болела.

— Страдала, бедняжка. Ее уже перевели наверх, но она неожиданно умерла. Во сне. А потом из ее похорон цирк устроили. Наш Федор Николаевич хотел сделать все как полагается. Оформить документы и передать все в городской морг, чтобы там тоже все оформили. Она ведь не обычный пациент была, на ее похороны даже из Москвы чиновники приехали. Только ему не дали все сделать нормально, начали торопить, даже обвинили, что он не дает ее по-человечески похоронить. Представляете, какие сволочи? Та самая журналистка, которую наш завхоз обматерил, написала статью, что Степанцев сводит счеты с умершей. Вот такие подлецы. И главное, что никто не знает, откуда эта журналистка такие сведения получила.

— Наверно, у нее в морге были свои люди, — предположил Дронго.

— При чем тут морг? Она от кого-то из наших все узнала. Это точно, у наших. Только у нас все порядочные люди работают, никто такую информацию ей слить не мог. Никто, кроме пришлых. Мы все так думаем.

— А «пришлых» много?

— Только одна дамочка. Та самая, о которой я говорю. «Варяг». Вот она и могла все рассказать, чтобы, значит, Федора Николаевича подставить и такую свинью ему подложить. Даже поверить трудно, что такие люди бывают. У нас об этом все говорят, не стесняясь.

— А она сама, что говорит?

— С нее как с гуся вода. Делает вид, что ничего не произошло. Покойницу, конечно, похоронили, а у нашего Федора Николаевича два дня сердце болело. Я видел, в каком он состоянии был. Сам не свой. Обидно даже.

— У этой пациентки родственники были?

— Сестра была. Сама Генриетта Андреевна ведь никогда замужем не была. Такая суровая старая дева. Я вам что скажу — женщине нельзя одной быть, без мужика. Сразу всякие болезни вылезают. И мужику одному нельзя быть, без женщины. У него простата от этого пухнет, если он один живет. Раз Бог придумал нас такими, то нужно, чтобы мы были вместе, — рассудительно сказал нахватавшийся медицинских познаний водитель.

— Очень важное замечание, — сдерживая

смех, согласился Дронго. – Значит, у нее не было детей и близких?

– Сестра, говорю, была. Она замужем за каким-то известным человеком, говорят, он маршал был или генерал, точно не знаю. Вот она и приехала сюда из Москвы и целую кучу знакомых с собой привезла. Хоронили старуху торжественно, с оркестром, как генерала какого-нибудь. Хотя, если подумать, она генералом и была. Заместитель председателя Ленгорсовета, столько лет работала. Но все говорят, злая была, сказывалось, что старая дева, людей не любила, никому спуску не давала. У нее водители увольнялись каждые три месяца, никто с ней работать не мог.

– Да, – согласился Дронго, – это очень важный показатель. Текучесть кадров среди водителей.

Дмитрий посмотрел в зеркало заднего обзора. Ему показалось, что в голосе приехавшего все-таки проскользнула ирония. Он обиженно засопел.

– Если человек не может сработаться с собственным водителем, то он не способен работать и с другими людьми, – решил исправить ситуацию Дронго.

– Правильно, – сразу оживился Дмитрий, – я как раз об этом вам и говорю.

Он снова начал болтать, рассказывая о том, как важно найти подход к людям и какой молодец Степанцев, сумевший так правильно и верно найти подход к каждому из пациентов и сотрудников хосписа.

На часах было около семи, когда они наконец подъехали к воротам. Машина даже не стала тормозить, ворота уже открывались – очевидно, дежурный видел подходивший автомобиль. Дронго взглянул на камеру, установленную над воротами.

– Кто обычно открывает ворота? Врач или сторож? – спросил он, обращаясь к водителю.

– Сторож, конечно, – ответил Дмитрий, – он сидит у себя и видит на мониторе, кто подъезжает. У нас всю технику поставили после того, как сюда пришел Федор Николаевич. Вы посмотрите, какие у нас в палатах телевизоры стоят. Таких даже в гостиницах нет.

– Хоспис с особым обслуживанием, – негромко сказал Дронго. – Кажется, у нас будет много интересных встреч.

Он не успел договорить, когда водитель резко затормозил.

– Ничего не понимаю, – сказал Дмитрий. – Почему она еще не уехала? Это Светлана Тимофеевна, она никогда раньше не оставалась здесь до семи часов вечера. И ее машина тоже не уехала...

Глава 5

Они остановились рядом с двухэтажным зданием. Было заметно, что его недавно покрасили. На клумбах вокруг – цветы, дорожки аккуратно посыпаны гравием, бордюры свежевыкрашенные. У крыльца дома стояли две красивые ажурные скамейки, которые обычно ставят на театральных сценах и редко – в парках массового отдыха, где их могут просто сломать. Из дома поспешила выйти моложавая женщина. Ей было под сорок. Было заметно, что она перекрашенная блондинка. Лицо довольно миловидное, впечатление портил лишь слегка вдавленный нос – очевидно, она не избежала нынешних модных веяний и решилась на пластическую операцию. Она была в строгом сером костюме. Увидев подъехавших, она с нескрываемым радушием шагнула вперед, протягивая руку.

– Как хорошо, что вы приехали! Здравствуйте. Мы давно вас ждали.

Удивленный Дронго пожал ей руку. Кажется, Степанцев не очень хотел, чтобы его заместитель узнала об этом визите.

– Светлана Тимофеевна Клинкевич, – сообщила заместитель главного врача. – Как мне к вам обращаться?

– Рашид Хабибулин, – ответил Дронго, вспомнив своего знакомого из Казани.

– Эдгар Вейдеманис, – представился его напарник своим настоящим именем. Ему было бы трудно выдавать себя за башкира или татарина с таким разрезом глаз и характерным латышским неистребимым акцентом. Поэтому он не стал ничего придумывать.

– Очень приятно, – весело сказала она. – К сожалению, Федора Николаевича вызвали в приемную губернатора и он уехал три часа назад.

«Странно, – подумал Дронго, – почему он нам не позвонил? Он ведь мог предупредить нас о своем отсутствии. Свой номер телефона я ему дал».

– Он наверняка был уверен, что быстро вернется, – пояснила Клинкевич, – но его вызвали на важное совещание к губернатору, а там нельзя включать телефоны. И поэтому он не сумел вас предупредить. Хорошо, что я случайно узнала о вашем приезде и решила задержаться здесь, чтобы встретить вас.

Дронго видел изумленные глаза Дмитрия, который явно не ожидал в это время увидеть здесь Светлану Тимофеевну.

— Мы уже сообщили ему о нашем приезде, — решил сыграть он, — и думали, что он будет нас ждать здесь.

— Он ничего мне не сказал, — ядовито сообщила Клинкевич, — очевидно, запамятовал. В последнее время с ним подобное иногда случается. Что делать, возраст. А я случайно узнала, что его машина поехала за гостями, когда выяснилось, что его повез в город Сурен Арамович. Это наш врач. Разумеется, я решила остаться, чтобы принять наших гостей. Идемте ко мне в кабинет. Он на втором этаже, рядом с кабинетом главного врача. Зиночка, вы куда идете? — спросила она, обращаясь к высокой молодой женщине, которая, проходя мимо них, вежливо и тихо поздоровалась.

— Мне сегодня разрешили поменяться сменой, — пояснила Зина, — у сына температура поднялась, и я попросила Регину заменить меня. Она согласилась.

— В следующий раз согласовывайте подобные замены лично со мной, — ледяным тоном попросила Светлана Тимофеевна, – кажется, я заместитель главного врача и уполномочена решать именно эти вопросы.

– Мне Федор Николаевич разрешил. Я ему еще утром сказала...

– И не нужно спорить, – перебила ее Клинкевич.

Она повернулась и показала гостям на лестницу, ведущую наверх.

– С этим персоналом всегда так, – пожаловалась она, – этакие провинциалы. Контингент служащих набирали без меня из Николаевска, вот поэтому они себя так и ведут. Думают, что здесь провинциальная больница и можно уходить когда угодно и приходить когда вздумается. Ваши плащи вы можете повесить вот здесь, при входе. Мы не разрешаем никому входить в здание в верхней одежде. Сами понимаете, что у нас очень ослабленные пациенты.

Они повесили плащи в гардеробе, надели белые халаты и пластиковые бахилы поверх своей обуви. Повсюду здесь царила впечатляющая чистота. На халате Светланы Тимофеевны были вышиты ее инициалы. Они поднялись на второй этаж.

– Нам говорили, что у вас есть лифт, – вспомнил Дронго.

— Есть, но мы им не пользуемся. Только для больных, — пояснила Светлана Тимофеевна. — Он весь пропах лекарствами и, простите меня, мочой. Хотя мы строго следим за порядком и чистотой, но этот запах просто неистребим. Поэтому мы предпочитаем подниматься на второй этаж по лестнице.

Они вошли в ее кабинет заместителя. Довольно просторная комната. Стол, кожаные кресла, большой диван, книжные полки. Такой кабинет мог бы быть у преуспевающего врача в самом Санкт-Петербурге. Очевидно, этот хоспис действительно был на особом положении.

— Садитесь, — показала им на кресла хозяйка кабинета. — Чай или кофе?

— Нет, спасибо, — ответил Дронго, — мы хотели бы для начала осмотреть ваше здание. Познакомиться с вашими сотрудниками.

— Обязательно, — кивнула она. — Простите, что спрашиваю, но кто вы по профессии? Я имею в виду, вы онколог или кардиолог? По какому профилю вы специализируетесь?

— Я психолог, — решил не совсем лгать Дронго. В конце концов, у него было два диплома о высшем образовании — юриста и психолога. — Приехал перенимать ваш опыт. А это мой друг, он – строитель. Мы собираемся построить такой же хоспис у нас в Уфе.

– Правильное решение. Я слышала, что ваш премьер-министр лично курирует этот проект...

– Да, – кивнул Дронго, – поэтому нам так важно осмотреть все и уточнить всякие детали на месте.

– В прошлый раз к нам приезжали врачи, – улыбнулась она, – а сейчас психолог и строитель. Но это, наверно, правильно. Все начинается со строительства дома и правильного подхода к больным. А уже потом нужно думать о персонале, который вы набираете. Тем более, что лечить этих пациентов все равно бесполезно, – жестоко сказала она, – можно только облегчить их страдания. Где вы остановились?

– В отеле, – сразу ответил Дронго, не называя гостиницы, – в Санкт-Петербурге. У нас еще есть дела в городе.

– Я понимаю, – кивнула Клинкевич. – В прошлый раз ваши командированные останавливались в гостинице Николаевска. Представляю, сколько клопов они привезли к себе на родину! Им наверняка там не понравилось.

– Зато понравилось у вас, – ввернул Дронго. — Они рассказывали, как вы все удобно устроили и спланировали.

— У нас тяжелая работа, — поправила она волосы, — приходится соответствовать. Итак, что именно вас интересует?

— Как устроена работа вашего хосписа, планировка основного здания, специфика вашего медперсонала, — перечислил Дронго.

И в этот момент позвонил его мобильный телефон.

— Извините, — сказал он, доставая аппарат.

— Ничего ей не рассказывайте! — услышал он крик Степанцева, едва включил телефон. — Меня вызвали на совещание, и я не мог вам перезвонить. Думал, что оно быстро закончится, а оно тянулось три часа. Дмитрий уже передал мне эсэмэску, что она осталась в хосписе, чтобы встретиться с вами. Ничего ей не говорите...

Дронго взглянул на выражение лица хозяйки кабинета. Она, похоже, ни о чем не подозревала.

— Я обязательно передам ваши пожелания, — ответил он, — можете не беспокоиться.

— Ждите меня, и я скоро приеду, — пообещал Степанцев, — я уже в пути.

— Конечно.

Дронго убрал аппарат.

— Позвонил помощник нашего премьер-министра, — сообщил Дронго, — спрашивает, как мы добрались, и просит передать привет от своего шефа.

— Ему тоже привет, — улыбнулась она, — мы с мужем были очарованы вашим премьером, когда гостили в прошлом году в Башкирии. И поэтому я решила сама принять вас. Можете не беспокоиться. Я дам поручение нашему заведующему хозяйством, и он покажет, как функционирует наше заведение. А с вами может встретиться наш самый опытный врач — Алексей Георгиевич Мокрушкин. Он как раз сегодня на дежурстве.

Дронго взглянул на Вейдеманиса и отвел глаза. Странно, что она назвала Мокрушкина самым опытным врачом. Ведь водитель и Степанцев говорили о других специалистах. В частности, упоминались Сурен Арамович Мирзоян и Людмила Гавриловна Суржикова. Кажется, Степанцев говорил, что как раз Мокрушкин самый неопытный из всех врачей, работающих в хосписе.

— Сейчас я его позову, — неправильно поняла долгое молчание Светлана Тимофеевна и подняла трубку телефона. — Алексей Георгиевич, зайдите ко мне, — попросила она высоким фальцетом. – Он вам все расскажет. Вы думаете, что все у нас получилось так просто? Скольких усилий это нам стоило! Сколько нервов! Мой муж пробивал в облздраве все лекарства и технику для нашего хосписа. Об этом знает и ваш премьер-министр. Он тогда пошутил, что готов взять моего мужа министром здравоохранения Башкирии, но наш губернатор не согласится отдавать такого специалиста, как он.

– И ваш личный вклад наверняка был впечатляющим, – решил подыграть ей Дронго.

– Об этом вообще лучше не говорить. Вы же сами все понимаете. Наш главный врач – человек прошедшего времени, ему уже далеко за пятьдесят. В этом возрасте люди уходят на заслуженный отдых, а он обеими руками держится за это место. Казалось бы, зачем? Для чего? Из-за служебной машины и некоторых преимуществ, которые он может иметь? Нужно набраться мужества и уйти, уступая дорогу молодым.

Под «молодыми» она явно имела в виду себя.

– Людям свойственно переоценивать свои силы и недооценивать силы других, – продолжил подыгрывать своей собеседнице Дронго.

– Вот-вот, вы правильно это сказали. Или эта гнусная история, которая случилась у нас несколько дней назад. Умерла известный общественный деятель, бывший депутат, первый заместитель председателя Ленгорсовета, уважаемая женщина. Умерла тихо, достойно, мирно, в своей постели. А наш главный врач решил устроить из этого некое шоу. Вы, наверно, читали об этом в газетах. Он отказался выдавать тело умершей, начал суетиться, отправил его в морг на вскрытие. Такое неуважение к памяти покойной! И все знали, что это попросту мелкая месть умершей за ее принципиальный характер. Она была требовательным человеком до последнего дня своей жизни. Конечно, нашему главному это не нравилось, и в результате – такая мелкая месть. Если бы не позвонили из приемной губернатора, он бы сорвал похороны. Но, к счастью, все обошлось.

– А разве у вас не принято отправлять тела умерших на вскрытие? – поинтересовался Дронго.

– Конечно, нет, – отмахнулась Светлана Тимофеевна, – сами подумайте, зачем, для чего? У нас ведь не дом отдыха. Те, кто к нам попадает, проходят через многих врачей, через множество анализов, операций, процедур. И попадают к нам уже в таком состоянии, когда никаких надежд не остается. У нашей пациентки, о которой я говорю, был целый букет болезней. Из-за интенсивного облучения она потеряла волосы, ей удалили грудь. Достаточно было просто прочесть историю ее болезни. Когда наш врач Алексей Георгиевич обнаружил ее умершей, он даже не стал звонить Федору Николаевичу, чтобы не беспокоить его. Все и так было ясно. Но наш главный решил иначе... Вот почему я считаю, что нужно вовремя уходить.

В дверь кабинета постучали.

— Войдите! — крикнула Клинкевич.

В комнату вошел молодой мужчина лет тридцати. Редкие темные волосы, немного покатый череп. Глубоко сидящие глаза. Он был среднего роста, с длинной шеей и почти без плеч. Вдобавок ко всему он еще и сутулился. Белый халат сидел на нем так, словно был на несколько размеров больше.

— Добрый вечер, Алексей Георгиевич, — кивнула Клинкевич, — это наши гости из Башкирии, о которых я вам говорила. Насколько я знаю, вы сегодня остаетесь дежурным врачом. Можете все им показать и рассказать. Я уже рассказала им о нашумевших похоронах Борковой...

Мокрушкин уныло кивнул.

— Покажите им все, — повторила Светлана

Тимофеевна, – я думаю, что часа за два они управятся. А машина пусть подождет. Я думаю, что Дмитрий уже не понадобится Федору Николаевичу. Он, наверно, сразу же после совещания поедет домой и уже не вернется сюда.

– Большое спасибо за ваше гостеприимство.

– Надеюсь, что завтра мы с вами увидимся. – Она поднялась из-за стола, пожала каждому из гостей руки. – Алексей Георгиевич, – требовательно произнесла она, – в следующий раз, если Зинаида захочет меняться сменами, пусть она поставит в известность именно меня. А кто сегодня еще работает?

– Сама Клавдия Антоновна, – сообщил Мокрушкин.

– Вот так всегда, – развела руками Клинкевич, – про наших врачей, даже если они имеют ученые степени, не говорят «сама», а про нянечку или санитарку могут выдать такое! Это тоже уровень провинциального сознания. От него нужно избавляться, Алексей Георгиевич. Я вам об этом много раз говорила. Иначе вам будет трудно в дальнейшем.

Он согласно кивнул.

– До свидания, – сказала на прощание Клинкевич, – завтра в десять я буду на своем рабочем месте. Обращайтесь по всем вопросам, я готова вам помочь. И не забудьте передать наш привет вашему премьер-министру. Когда вы планируете вернуться?

— Через два дня, — ответил Дронго.

— Значит, мы еще увидимся. До свидания!

Они вышли из кабинета в сопровождении Мокрушкина. Вейдеманис выразительно посмотрел на Дронго.

— Инициативная женщина, — сказал он с подтекстом, сделав ударение на первом слове.

— Да, — согласился Дронго, — сразу заметно, что она знает и любит свое дело. Особенно свою работу.

Эдгар увидел улыбку на лице Дронго и согласно кивнул.

— Алексей Георгиевич, — обратился Дронго к молодому врачу, — давайте сразу начнем с осмотра основного корпуса. Я думаю, что так будет правильно.

Светлана Тимофеевна, все еще в белом халате, вышла в коридор. Кивнув на прощание, она прошла к лестнице, спустилась вниз.

— Кажется, у нее напряженные отношения с главным врачом, — заметил Дронго, обращаясь к Мокрушкину.

Тот неопределенно пожал плечами. Ему явно не хотелось говорить на такую опасную тему. Дронго хотел еще что-то спросить, но тут увидел, что по коридору к ним идет высокая полная женщина в белом халате. Ее волосы были собраны в узел.

– Алексей Георгиевич, вы там нужны, – попросила она.

– Что случилось, Клавдия Антоновна? – спросил врач. – Это наши коллеги. Можете говорить при них.

– Она умерла, – сообщила женщина, – идемте быстрее.

Глава 6

Мокрушкин взглянул на гостей. – Извините, – торопливо сказал он, – я должен идти. Если хотите, можете пройти со мной. Вы ведь врачи?

– Почти, – хмуро ответил Дронго.

Где-то за окном завыли собаки. Сначала одна, потом вторая, третья. В этом было нечто мистическое. Гости вздрогнули.

– Вот так всегда, – недовольно сказала Клавдия Антоновна, – как только один из пациентов умирает, так они сразу затягивают свой хор. И все знают, что в этот момент кто-то умер. Прямо как сигнализация какая-то.

И больные нервничают. Нужно наших собачек куда-то убрать.

Они прошли в предпоследнюю палату, Мокрушкин открыл дверь, входя первым, за ним Клавдия Антоновна. Гости переглянулись. Дронго нахмурился и решительно вошел, следом за ним — Вейдеманис. Впрочем, в том, что они увидели, не было ничего страшного или трагического. На кровати лежала изможденная женщина. На вид ей было не меньше семидесяти. Она лежала так, словно заснула, и лицо ее было умиротворенным и спокойным, словно она сделала все, зачем пришла в этот мир. Если бы не ее худые, почти бесплотные руки и ввалившиеся щеки, можно было бы сказать, что эта старуха вполне здорова. Мокрушкин подошел к ней, проверил пульс, отключил аппаратуру, накрыл лицо одеялом и обернулся к гостям.

— Вот и все, — негромко сказал он, — она уже отмучилась. Санубар Идрисова, жена нашего руководителя коммунального хозяйства. Она сама решила переехать сюда. Обычно мусульмане не отдают своих больных в наш хоспис, вы об этом знаете лучше меня. Но она сама настаивала. У нее дочь в Америке живет с мужем, а сын давно в Австралии. А у мужа больное сердце, вот она и решила сама сюда переехать, чтобы никого не тревожить. Придется завтра звонить ее супругу. Он как раз вчера навещал жену, они разговаривали...

– Сколько лет ей было? – спросил Дронго.

– Сорок восемь, – ответил Мокрушкин, – она в восемнадцать лет замуж вышла. Сыну уже двадцать девять, а дочери двадцать семь. И трое внуков от дочери. Но всех судьба раскидала по разным местам.

Дронго тяжело вздохнул. Он был уверен, что умершей не меньше шестидесяти.

– Вы можете ей что-то сказать, – неожиданно предложила Клавдия Антоновна.

– Что сказать? – не понял Дронго, повернувшись к санитарке. – О чем вы говорите?

– Она была мусульманкой, – спокойно пояснила пожилая женщина. – А вы приехали из Башкирии. Прочитайте молитву, если можете. А если не можете, то скажите несколько слов, ей наверняка было бы приятно.

– Да упокоит Господь ее душу, – произнес Дронго, взглянув на лежавшее под одеялом вытянутое тело.

– Спасибо, – кивнула Клавдия Антоновна, – вы можете идти. Алексей Георгиевич, вы сами заполните журнал?

– Да, конечно.

Сыщики вышли из палаты.

– Вот и все, – негромко сказал Вейдеманис, — был человек — и нет человека. Все так просто и обыденно, как будто в порядке вещей.

— У нас именно так, — согласился Мокрушкин, — это место, где люди уходят. Гораздо приятнее работать в родильном доме. Место, где появляются новые люди и радуются новой жизни. Но уверяю вас, что там тоже хватает своих трагедий. Простите, что мы начали наш обход именно с этого печального события, но так уж получилось. Что именно вас интересует?

— Все, — ответил Дронго. — Как устроен ваш хоспис, сколько в нем пациентов, в каких условиях они живут, как работают ваши врачи.

— Пойдемте, я все покажу. У нас как раз сейчас ужин заканчивается.

— Больные ходят в столовую?

— Мы не говорим «больные», мы называем их пациентами. Обычно в столовую многие не ходят, не хотят есть вместе со всеми. Кто хочет, может пройти, столовая в конце коридора на первом, рядом с кухней. Остальным нянечки носят еду прямо в палаты. На втором этаже у нас реанимационные. Сейчас там пять человек... уже четыре, — поправился Мокрушкин. — Остальные девять внизу. Кабинеты врачей тоже внизу, а руководство на втором этаже. Там же у нас операционная и рентген-кабинет.

— Вы делаете операции?

— Очень редко. У нас хоспис, а не клиническая больница. Но если есть необходимость, то, разумеется, все делаем сами. У нас работают прекрасные специалисты — Сурен Арамович Мирзоян и Людмила Гавриловна Суржикова.

— А ваш руководитель Светлана Тимофеевна сказала, что самый лучший и опытный врач именно вы, — возразил Дронго, испытывающе глядя на своего собеседника.

Тот вспыхнул, покраснел и отвернулся.

— Если она так считает... — пробормотал он, — впрочем, я не знаю. Не уверен.

— Вы обещали показать нам ваше основное здание, — напомнил ему Дронго.

— Конечно, покажу. Пойдемте. Только учтите, что в другие реанимационные палаты входить нельзя, только с разрешения главного врача или его заместителя.

— Мы туда и не собираемся. Давайте начнем с первого этажа, — предложил Дронго.

Они спустились вниз, прошли в столовую. Здесь сидели двое мужчин и одна женщина. Один из мужчин был в спортивном костюме, другой — в голубом халате. Женщина тоже была в таком же халате. При их появлении все трое подняли головы. «У них в глазах есть нечто неуловимо схожее, — подумал Дронго. —

Может, это ожидание скорой смерти делало их глаза такими похожими друг на друга».

— Это наши гости из Башкирии, — представил своих спутников Мокрушкин, — а это наши пациенты. Арсений Ильич Угрюмов... — показал он на мужчину в халате.

Тот кивнул головой, мрачно разглядывая вошедших.

— Елена Геннадьевна Ярушкина...

Женщина с любопытством посмотрела на мужчин и улыбнулась.

— И Константин Игнатьевич Мишенин.

Мужчина в спортивном костюме кивнул в знак приветствия.

— Остальные в своих палатах, — закончил Мокрушкин.

Дронго прошел мимо двух больших столов. За ними могли разместиться человек двадцать или двадцать пять, но ужинали здесь только трое.

— Почему вы не спрашиваете, как нас кормят? — услышал он голос Ярушкиной и обернулся к ней.

— Разве я должен спрашивать?

— Проверяющие всегда спрашивают, как нас кормят, — сообщила она. Ей явно хотелось поговорить.

— Я не проверяющий, — улыбнулся Дронго, – я скорее по обмену опытом. Мы хотим открыть в Башкирии такой же хоспис, как у вас.

– Разве у мусульман есть хосписы? – не унималась Ярушкина. – Они, по-моему, держатся за своих стариков до конца. Хотя наша Идрисова была здесь, упокой Господь ее душу.

– Откуда вы знаете, что она умерла? – изумился Дронго.

– Собаки, – пояснила Ярушкина, – они всегда воют, когда кто-то умирает. А из наших самой плохой была Идрисова. Господин Мокрушкин, а почему вы молчите? Что случилось с Идрисовой? Или собаки выли просто на луну?

У этой женщины было своеобразное чувство юмора.

– Она уснула, – коротко ответил Мокрушкин.

– Какой изящный термин – «уснула», – не унималась Ярушкина, – хотя древние греки считали, что сон – это временная смерть. Но им явно не приходило в голову ваше определение.

– Как вы себя чувствуете? – спросил Мокрушкин.

– Пока не спешу на ваш второй этаж, – пошутила Ярушкина.

В зал вошла женщина в брючном костюме.

Ее волосы были аккуратно уложены, макияж наведен. Было заметно, что ей много лет, но она гордо держала спину и входила в зал той плавной походкой, которая отличает бывших балерин. Сразу бросались в глаза плавные движения ее рук и длинная шея.

— Марина Леонидовна, зачем вы поднялись, — взмахнул руками Мокрушкин, — мы же договаривались, что сегодня вы будете отдыхать.

— Я пока нахожусь в здравом уме и в твердой памяти, — возразила женщина, — и не собираюсь ужинать в своей палате. Я решила составить Елене Геннадьевне компанию, чтобы ей не было так скучно в обществе наших мужчин.

— Вы могли бы составить ей компанию завтра, — возразил Мокрушкин, — но все равно. Садитесь. Я потом зайду и еще раз осмотрю вас. Но учтите, что вам ничего нельзя, кроме обычной воды. Даже чай вам сейчас противопоказан.

— Не нужно при посторонних мужчинах говорить мне подобные гадости, — победно изрекла женщина, усаживаясь на стул рядом с Ярушкиной. — Лучше представьте меня гостям.

— Марина Леонидовна Шаблинская, — представил ее Мокрушкин, — народная артистка республики, лауреат Государственной премии, бывшая прима Мариинского театра.

Она поднялась и величественным движением протянула руку. Дронго, не колеблясь ни секунды, подошел и поцеловал ее сухую руку. Она даже вздрогнула. Выносившая с кухни поднос кухарка уронила его от неожиданности, и посуда загремела по полу. Ярушкина на миг замерла, затем захлопала в ладоши и закричала:

– Ой, как хорошо! Господи, как хорошо!

Мишенин одобрительно кивнул головой. Даже Угрюмов улыбнулся. Мокрушкин развел руками.

– Вы просто покорили их сердца, – признался он.

– Не знаю вашего имени, милостивый государь, – церемонно произнесла Шаблинская, – но смею вам сказать, что вы – настоящий мужчина. На все времена.

Они вышли из столовой, сопровождаемые восхищенными взглядами женщин. Вейдеманис одобрительно кивнул.

– Ты стал героем этого хосписа, – тихо произнес он.

– Мне просто стало жаль эту одинокую и обреченную женщину, – признался Дронго.

Они прошли к палатам. Мокрушкин постучал и открыл дверь в первую из них.

– Не входите, – предупредил он, – сюда лучше не входить.

Через минуту он вышел.

– Разве на первом есть реанимационные палаты? – удивился Вейдеманис.

– Нет. Там наша пациентка – Антонина Кравчук. У нее рак кожи. Необратимые изменения, в том числе и на лице. Она никого к себе не пускает, кроме врачей и своей соседки – Эльзы Витицкой. Мы стараемся никого туда не пускать.

Дронго кивнул, уже ничего не спрашивая.

В другую палату Мокрушкин вошел даже не постучав, приглашая за собой гостей. Здесь на кровати лежал мощный, крупный мужчина. Он был молод и красив. Болезненные изменения еще не затронули его тела, ведь основная болезнь была у него в голове. Он лежал на кровати, заложив могучие руки за голову и глядя в потолок. В последние дни он все время так и лежал.

– Радомир! – негромко позвал его Мокрушкин, – ты меня слышишь?

Гигант даже не пошевелился.

– Радомир, – громче позвал Мокрушкин.

Пациент наконец оторвался от углубленного созерцания потолка и взглянул на врача.

– Я вас слышу, – сказал он.

– Как ты себя чувствуешь?

– Нормально.

– Ничего не болит?

– Пока нет. Если заболит, я вас сразу позову. Вы знаете, что мои приступы боли начинаются после полуночи.

– Мы можем сделать тебе укол до полуночи.

– Зачем? Мне и так мало осталось. Лучше продержусь сколько смогу. Хотя бы еще немного. Почувствую, что живу.

В таких случаях принято говорить, что жить человек будет долго, но Мокрушкин не сказал этих слов. Это было бы нечестно по отношению к тяжелобольному пациенту, который со дня на день мог навсегда потерять сознание, превратясь всего лишь в бесформенный кусок мяса. Они вышли из палаты.

– Даже не знаю, что лучше, – признался Эдгар, – умереть, ничего не понимая и не чувствуя, потеряв сознание, или в полной памяти и осознавая, что происходит.

– Они не выбирают, – отозвался Мокрушкин, – и это, наверно, правильно. Мы ведь тоже не знаем, что именно нас ждет. У каждого свой конец, который ему уготован, своя судьба.

– Шопенгауэр определял судьбу всего лишь как совокупность учиненных нами глупостей, – возразил Дронго. – Возможно, с подобной генетической болезнью его отцу или деду нельзя было иметь детей.

— Вот поэтому он и умирает в одиночестве, — пояснил Мокрушкин. — Он боялся, что его болезнь перейдет по наследству к его детям, и поэтому бросил любимую жену, заставив ее сделать аборт, когда она ждала ребенка. Его можно понять. Но она не захотела больше жить с ним и ушла от него. Ее тоже можно понять.

— В таких случаях лучше не выступать судьей, — согласился Дронго.

Они прошли к следующей палате. Мокрушкин снова постучал.

— Войдите, — услышали они старческий голос.

Все трое вошли в палату. На кровати лежала пожилая женщина. Она была похожа на смятый одуванчик — белые редкие волосы, мягкая улыбка; почти бесцветные, когда-то зеленые глаза. Увидев вошедших, старушка почти счастливо улыбнулась.

— Добрый вечер, Алеша, — сказала она врачу, — как я рада, что сегодня именно твое дежурство.

— Спасибо. Я тоже рад, Казимира Станиславовна. Как вы себя чувствуете?

— Хорошо, — ответила она улыбаясь, — почти ничего не болит. И еще вчера по телевизору показывали такую интересную передачу.

Я, правда, сделала звук тише, чтобы не мешать своей соседке.

— И все равно помешали мне спать, — громко произнесла другая женщина. Она лежала на кровати, стоявшей справа от двери, лицом к стене и спиной к вошедшим, даже не повернувшись, когда они вошли.

— Тамара Рудольфовна, — укоризненно сказал Мокрушкин, — у нас гости.

— А мне все равно, — ответила она, все так же не поворачивая лицо, — здесь не театр и не салон, чтобы принимать гостей. Здесь место, где умирают тяжелобольные люди, и не нужно сюда никого приводить. Тем более каких-то гостей.

— Это наши друзья, врачи из Башкирии, — пояснил Мокрушкин.

— Вот пусть они и возвращаются в свою... Башкирию, — ответила женщина, но так и не повернулась.

Казимира Станиславовна испуганно посмотрела на Мокрушкина.

— Меня лучше перевести в другую палату, — тихо попросила она, — моя соседка все время недовольна. И когда я включаю телевизор, и даже когда не включаю.

— Я тоже так думаю, — согласился Мокрушкин. – Завтра приедет Федор Николаевич, и мы все уладим.

– О чем вы шепчетесь? – спросила Тамара Рудольфовна, наконец поворачиваясь к ним лицом.

У нее было злое лицо пожилой и властной женщины. Белые волосы, мешки под глазами, на лице характерные пятна пигментации. Было очевидно, что болезнь крови доставляла ей еще и нравственные муки.

– Опять на меня жалуетесь? – поинтересовалась она.

– Нет-нет, – испуганно прошептала ее соседка, – ни в коем случае.

– Знаю, что жалуетесь. Не лгите. Все знаю. И характер у меня поганый, тоже знаю. И вообще вы правы. Вам лучше завтра поменять палату. У нас с вами несовместимость. Разные группы крови – если мою еще можно причислить к какой-то группе.

Она взглянула на вошедших.

– Это вы прибыли из Башкирии? Какой такой хоспис в вашей мусульманской республике? Зачем вы врете? У вас ведь стариков уважают до смерти. Ходят за ними, возятся, убирают, терпят их глупости... Это у нас сразу избавляются от таких мерзких тварей, как мы!!

Мокрушкин сокрушенно покачал головой.

— Выйдите, пожалуйста, — попросил он, — я останусь с ними.

— Да, конечно, — Дронго и Вейдеманис поспешили выйти из палаты, сопровождаемые истерическими криками Тамары Рудольфовны.

— Знаешь, что я тебе скажу, — неожиданно произнес Вейдеманис, — концентрация страданий в таком месте превосходит любое человеческое воображение. Я даже не представляю, с чем это можно сравнить. Даже у осужденных на смерть есть какой-то небольшой шанс. А здесь... — он махнул рукой.

В этот момент опять позвонил мобильный телефон Дронго. Он достал аппарат:

— Я вас слушаю.

Глава 7

Звонил Федор Николаевич. Главный врач сообщил, что он подъезжает к зданию хосписа и через несколько минут уже будет на территории своего учреждения. Сыщики вышли во двор. Уже стемнело, и зажглись фонари. Они уселись на скамейку перед зданием и почти сразу же услышали чьи-то шаги. К ним подошел знакомый мужчина, очевидно — сторож. Он внимательно посмотрел на обоих незнаком-

4-4598

цев в белых халатах. У него было чисто выбритое лицо, черные глаза немного навыкат, редкие черные волосы, подстриженные очень коротко — от этого его голова походила на ежа. Он был одет в темный костюм, на ногах — тяжелые армейские ботинки.

— Добрый вечер, — вежливо поздоровался Дронго.

— Здравствуйте, — кивнул сторож, — это вы приехали вместе с Дмитрием на машине нашего главного?

— Мы.

— Значит, это вы гости из Башкирии. Очень хорошо. А кого вы ждете?

— Федора Николаевича.

— Он уже не приедет. Девятый час вечера. Так поздно он не задерживается, если ничего особенного не происходит.

— У вас сегодня собаки выли, — возразил Дронго.

— Это уже все знают, почему они выли. Они ведь сразу чувствуют, когда кто-то уходит, — пояснил сторож. — У нас сегодня человек ушел, вот поэтому они и воют.

— У вас вся информация передается собачьим воем? — не выдержав, поинтересовался Эдгар.

— Пациентов мало, — рассудительно ответил сторож, — поэтому мы все и про всех знаем.

— Про всех? — оживился Дронго, поднимаясь со скамьи.

— Конечно, — спокойно ответил сторож, — для этого мы сюда и поставлены.

— Вы ведь Асхат Тагиров, правильно?

— Да, так меня зовут.

— Когда умерла Боровкова, вы дежурили?

— Правильно. Тогда как раз я дежурил.

— Вы можете вспомнить, кто тогда приезжал в ваш хоспис? Может, кто-то незнакомый или какой-нибудь человек, которого вы не ждали?

— Посетители бывают днем, — рассудительно сказал сторож, — их всех в особый журнал записывают. А после ужина никого сюда не пускают. Это я вам точно говорю. И никого здесь тогда не было, когда она умерла.

— А днем кто здесь был?

— Я не знаю. Ворота бывают открыты. За все посещения у нас завхоз отвечает, у него журнал специальный есть. Вот его вы и спросите. Только Степанцев уже не приедет. Ему, наверно, уже сообщили о смерти Идрисовой, и он завтра с утра приедет. Чтобы документы оформить и тело выдать, как полагается.

– Приедет, – уверенно сказал Дронго, – мы с ним только сейчас по телефону говорили. Он сказал, что будет здесь через несколько минут.

– Тогда конечно, – спокойно согласился Асхат, – раз сказал, значит, будет. Пойду открою ворота.

– У вас камера установлена только на воротах?

– И вокруг дома тоже камеры есть. Посторонних здесь не бывает. Все знают, кто здесь находится, и обходят это место стороной. Как будто боятся заразиться, словно мы чумные. А может, просто не хотят даже видеть наших больных. Несчастье, оно ведь тоже как зараза, может передаваться от одного человека к другому. От нас ведь только трупы вывозят, никто своими ногами отсюда не уходит. Один раз только женщина уехала, но это чудо случилось, она Богу поверила и Он ее спас. А остальные так и остаются здесь до самого конца.

Он повернулся и зашагал к соседнему зданию.

– Здесь все философы, – заметил Эдгар, – не только врачи, но и водители, сторожа, нянечки... Очевидно, такое место располагает к размышлениям о жизни и смерти.

– Они ежедневно сталкиваются с реальной смертью, – напомнил Дронго, – вот поэтому у всех у них несколько взвинченное состояние. Поневоле становишься либо психопатом, либо философом.

– И к какой категории ты относишь Светлану Тимофеевну? – поинтересовался Вейдеманис.

– Интриганка. Типичная интриганка, изо всех сил пытающаяся подставить своего начальника и занять его место. Даже не скрывает своих желаний и амбиций. Возможно, она сама организовала вызов Степанцева на совещание у губернатора, узнав каким-то образом о нашем приезде. Помнишь, что она сказала о прошлогоднем отдыхе в Уфе? Им там явно понравилось, и они сумели выйти на самого премьера. Вот она и захотела себя показать гостям на всякий случай, понравиться им и передать привет высокому чиновнику, который лично будет курировать этот проект. Все правильно. Интриганка и карьеристка именно так и должна была поступить.

– Неужели она так ничего и не понимает? – вздохнул Эдгар. – Это ведь настоящий дом одиноких сердец. Здесь каждый умирает в одиночку. И на фоне таких трагедий она занимается своими мелкими интригами...

— Не совсем мелкими. Посмотри, какой контингент у этого хосписа. Настоящая элита — известные бизнесмены, балерины, директора, крупные специалисты зарубежных компаний, супруги и родственники высокопоставленных деятелей. Здесь можно развернуться по-настоящему, познакомиться со многими нужными людьми, выйти на крупных чиновников. Ничто так не запоминается, как помощь близким людям в трагические минуты. Она все делает правильно. Ей нужно расти, а преградой для ее карьеры является Степанцев, которого она собирается убрать любой ценой.

— В таком случае наша главная версия и подозреваемая номер один — сама Светлана Тимофеевна, — заметил Эдгар. — Именно она намеренно организовала убийство Боровковой, чтобы затем гарантированно убрать своего шефа. Если он предаст огласке этот невероятный факт — убийство в хосписе, то его почти обязательно накажут, а если скроет, то тоже накажут. Возможно, даже снимут с работы. Вот тебе и мотив.

— Только один момент. Ее не было в хосписе в момент совершения убийства.

– Ей необязательно убивать самой. Договорилась с нянечкой или санитаркой. Еще более вероятный вариант – просто намекнула Мокрушкину, что именно нужно сделать. Судя по всему, тот ее страшно боится. Вот и согласился, и не «заметил» явных следов удушья на лице погибшей. Убедительная версия?

– Абсолютно, – согласился Дронго, – только одно возражение. Она бы не стала идти к должности таким образом. Во-первых, Мокрушкин становился бы очень опасным свидетелем и всегда имел бы возможность шантажировать ее. Во-вторых, она и так теснит своего шефа по всем пунктам. Дошло до того, что тот даже боится сообщить ей о нашем приезде. Зачем ей так рисковать, подставляя не только себя, но и своего высокопоставленного мужа? А самое главное, кто тогда убил Боровкову? Сам Мокрушкин? Кто-то из санитарок? Или она договорилась с кем-то из больных? Но это практически невозможно. Они все в таком состоянии, что не стали бы даже думать о подобном. И самое важное, что их нельзя купить. Какие деньги можно заплатить человеку, впереди у которого свидание с вечностью и с самим Богом? Нет, твоя версия, конечно, очень оригинальна, но сюда она не подходит.

Они услышали шум открывающихся ворот и затем увидели медленно въезжающую машину. Это был черный «Фольксваген Пассат». Из него выскочил Степанцев, направляясь к сыщикам.

— Как хорошо, что я вас застал здесь, — сказал главврач, пожимая им руки, — пришлось попросить моего друга одолжить свою служебную машину. Мы так гнали, что, в конце концов, я сам попросил немного сбавить скорость. Дмитрий уже рассказал мне все подробности. Она специально не уехала, чтобы встретить вас. Я раньше сомневался, а теперь знаю точно, что кто-то из наших шпионит в ее пользу. Откуда она могла узнать, что Дмитрий поехал за вами? Или узнать подробности того, как я отказался выдавать тело Боровковой без подписи Михаила Соломоновича? Боюсь, подобных вопросов накопилось очень много.

— Которые вы зададите потом и без нас, — попросил Дронго. — Судя по всему, вам противостоит крепкий противник, Федор Николаевич, и я бы на вашем месте не стал бы его недооценивать.

— Учту ваши слова, — согласился Степанцев, — идемте ко мне в кабинет. Он наверху, на втором этаже. Вы уже познакомились с нашими врачами и пациентами?

– С пациентами – да. А врачей никого не было, когда мы приехали. Светлана Тимофеевна почти сразу уехала. Мы видели только Мокрушкина и Клавдию Антоновну. А еще нам сказали, что вместо Зины Вутко дежурит какая-то Регина.

– Все правильно. Это я разрешил им поменяться. У нее ребенок заболел.

– В ту ночь была эта самая бригада, – напомнил Дронго, – Мокрушкин, Клавдия Антоновна, Зинаида и ваш сторож Асхат Тагиров. Но, судя по всему, ни один из них не видел каких-либо посторонних, иначе вы узнали бы об этом первым.

– Я тоже так думаю, – согласился Степанцев.

Они поднялись на второй этаж и прошли к его кабинету, перед которым была просторная приемная. Кабинет тоже был большим и просторным, метров на сорок. Дорогая кожаная мебель, столы карельской березы, массивные шкафы. Степанцев показал на два кресла, стоявших у дивана, нетерпеливо дожидаясь, пока гости наконец устроятся.

– А теперь извините меня, – сказал Федор Николаевич, – я оставлю вас и пройду в палату к Идрисовой.

Он вышел из кабинета. Вейдеманис побарабанил по обшивке кресла.

— Все так буднично и просто. Он извиняется и выходит посмотреть на умершую в его хосписе больную. Сюрреалистическая картина.

— Они уже здесь привыкли к подобным трагедиям, — мрачно ответил Дронго.

— Похоже, нам придется опросить здесь каждого, если мы хотим добиться результата.

— Разве есть другой вариант? Похоже, что так. Сейчас вернется Степанцев, и мы с ним переговорим.

Они прождали недолго, минут пять или шесть. Наконец главный врач стремительно вошел в кабинет.

— Чем больше я думаю о случившемся, тем более невероятной кажется мне эта ситуация, — признался Федор Николаевич, проходя на свое место, — ведь Боровкова была уже в очень тяжелом состоянии. Ну кому могло понадобиться убийство этой старухи?

— Может, она с кем-то конфликтовала? Сегодня мы видели, как одна из ваших пациенток с нескрываемой неприязнью обращалась с другой.

— Я даже могу сказать вам, кто это был, — усмехнулся Степанцев. — Вы, наверно, говорите про Тамару Рудольфовну, которую не устраивает, что мы поместили рядом с ней Казимиру Желтович? Верно?

– Абсолютно. Вы действительно хорошо знаете своих пациентов.

– Она ни с кем не ладит. У нас были две такие воинственные старухи: ушедшая Боровкова и Тамара Рудольфовна. Им все время кажется, что окружающие проявляют к ним недостаточно уважения. И обе были против того, чтобы мы помещали рядом с ними Казимиру Станиславовну. А эта старая женщина просто боится оставаться одна. Хочет, чтобы рядом с ней была соседка. Вот какие у нас бывают проблемы. Она никому не мешает, лежит и смотрит телевизор или читает книги, но чем тише она ведет себя, тем больше раздражает Тамару Рудольфовну. Понимаете, есть такие люди. Ее раздражает именно смиренное поведение Желтович, ее, если хотите, покорное следование судьбе, ее мягкий характер.

– А если ваши две вздорные старухи просто поругались и одна решила избавиться от другой? Такое возможно?

– Теоретически да. Они были знакомы много лет и, возможно, не питали особых симпатий друг к другу. Но зачем совершать убийство? Только из-за личной неприязни? Хотя, если честно, Тамара Рудольфовна кажется мне единственной, кто вообще мог бы совершить такой безумный поступок в порыве ярости. Но какую ярость могла вызвать Боровкова, если она была уже на втором этаже? Не понимаю.

– Мы видели вашего югослава. Кажется, он тоже готов постепенно уйти.

– Я знаю. Он часами лежит на кровати и смотрит в потолок. Пока еще он находится в сознании, но счет идет буквально на дни. Боли все время усиливаются, особенно по ночам. Он сам знает, что однажды ночью боль придет и больше не отступит. Мы, конечно, сделаем все, что в наших силах, но он уже никогда к нам не вернется. Нужно будет переводить его на второй этаж.

– И в таком состоянии он не будет опасен?

– Он будет как растение, – мрачно пояснил Степанцев, – лишенное мозга существо. Вы должны понимать, что происходит, когда отключается высшая нервная система, все контролирующий мозг. Человек не может даже поднять руку, ведь должна быть отдана соответствующая команда. Он превращается просто в живое существо, лишенное всяких эмоций и нервов. Если даже уколоть его, он этого не почувствует. Отключается мозг – это самое страшное, что может произойти.

Дронго посмотрел на Вейдеманиса.

– Уже жалеете, что приехали сюда? – спросил Федор Николаевич. – У нас действительно тяжело. И не всякий может выдержать такое.

– Нет, не жалею, – ответил Дронго, – даже такой опыт бывает нужен. Пройдя через него, начинаешь лучше понимать людей.

– Что вы сказали Светлане Тимофеевне о себе? – спросил Степанцев. – Надеюсь, не стали ей сообщать, что вы два детектива из Москвы?

– Она так хотела поверить, что мы гости из Башкирии, что сама себя убедила в этом. Мой напарник назвал свое настоящее имя, а я представился именем своего знакомого – Рашид Хабибулин.

– Будем считать, что вас именно так и зовут, – согласился Федор Николаевич. – Эта женщина меня иногда просто утомляет. Такая железная хватка, такое неистребимое желание убрать меня и сесть на мое место! Наверно, говорила вам о смене поколений, о моем возрасте, о том, что нужно давать дорогу молодым... Самое смешное, что мне еще пахать и пахать до пенсионного возраста, а она уже сейчас готова отправить меня на заслуженный отдых. Бывают такие фурии, их просто невозможно остановить.

— У нас возникло некое предположение, — сказал Дронго. — А если мы неверно трактуем убийство Боровковой? Если оно было направлено не против нее, а против вас?

— В каком смысле?

— Решили устроить все таким образом, чтобы обвинить вас в халатности и отправить на пенсию раньше срока. Такую возможность вы не рассматривали?

— Да, я об этом тоже подумал, — признался после недолгого молчания Степанцев, — но сразу же отвел эту версию. Все-таки у нас работают врачи, а не палачи. И потом, такая жестокость... Нет, я не могу в это поверить. Это слишком аморально даже для такой амбициозной женщины, как мой заместитель.

— Девять пациентов и четверо сотрудников, — напомнил Дронго, — сразу тринадцать подозреваемых. Очень много. Когда вы уехали отсюда в тот вечер?

— Примерно в восемь часов. Я обычно уезжаю сразу же после ужина, когда пациенты расходятся по палатам. Если, конечно, они ужинают в столовой.

— И больше здесь никого не было?

— Нет. Иначе мне сразу сообщили бы. У нас ведется журнал посещений, там строгая отчетность. Всегда можно узнать, кто и когда приехал. Нет, больше никого не было, это абсолютно точно.

– Может, кто-то из ваших сотрудников решил вернуться? Его возвращение не стали бы фиксировать в журнале?

– Нет, не стали бы. Но мне обязательно сообщили бы. Не забывайте, что наш сотрудник должен был пройти через ворота, которые открывал Асхат, затем войти в здание, где столкнулся бы либо с Мокрушкиным, либо с нашими санитарками. Поверить в сговор всех четверых я просто не могу. Это невозможно.

– Кто-то из родственников ваших сотрудников мог появиться в хосписе без разрешения?

– Абсолютно исключено. Ни при каких обстоятельствах.

– В этой смене имеется один заслуживающий внимания момент, – сказал Дронго, – все четверо оставшихся были из Николаевска. Насколько я понял, большинство врачей и санитарок из Санкт-Петербурга?

– Врачи – да, а санитарки – нет. Но вы правы, все же четверо были из Николаевска. Что это нам дает? Вы думаете, что провинциалы больше склонны к убийству, чем столичные жители? Или наоборот?

– Нет. Я думаю о другом. А если кто-то из них отлучился в тот вечер – ведь до Николаевска отсюда совсем близко. Сегодня Зинаида Вутко ушла к больному сыну, спросив вашего разрешения и поменявшись с другой санитаркой. А если подобное было без вашего разрешения?

– Тоже исключено. Они знают, чем рискуют. У нас особо тяжелые пациенты, с каждым из которых в любую секунду может произойти все, что угодно. С тем же Радомиром. Уйти отсюда без разрешения просто невозможно. Рискуете не только тем, что вас уволят, но еще можете и попасть под суд. Целый букет статей. «Халатность», «Ненадлежащее исполнение своего долга», «Неоказание помощи больному»... В общем, следователи найдут, если постараются. Нет, этот вариант тоже отпадает.

– Тогда остается последняя возможность. Завтра с утра нам нужно ознакомиться с личными делами каждого из пациентов и побеседовать с каждым из ваших сотрудников. Только таким кропотливым образом мы можем найти того, кто, возможно, был заинтересован в этом преступлении.

– Только учтите, что завтра Мокрушкина и Клавдии Антоновны не будет. Они дежурят сегодня ночью и завтра утром уедут к себе отдыхать.

– В таком случае мы поговорим с ними сегодня. Надеюсь, что Дмитрий не обидится.

– Он будет ждать вас столько, сколько вам нужно, – заверил Степанцев.

– В таком случае пригласите Клавдию Антоновну, – попросил Дронго, – только сами здесь не оставайтесь. В вашем присутствии она будет несколько скованна.

– Вы ее не знаете, – улыбнулся Федор Николаевич, – она человек смелый и мужественный. И никакой скованности не будет, даже если вместо меня здесь окажется министр здравоохранения нашей страны. Нельзя работать в хосписе столько лет и не быть мужественным человеком. А она тут такое видела!.. Можно роман написать, и он сразу станет бестселлером.

Он вышел из кабинета так же быстро, как и вошел. Через минуту в дверь постучали.

– Войдите! – крикнул Дронго.

Дверь открылась, и вошла Клавдия Антоновна. Она застегнула халат и строго посмотрела на гостей, словно понимая, что ее пригласили для серьезной беседы.

— Садитесь, — пригласил Дронго, показывая на стул.

Она села, поправив халат. Было заметно, что женщина страдает варикозом — на ногах были заметные синие прожилки. Сказывалась многолетняя работа.

— Клавдия Антоновна, мы хотели с вами переговорить, — начал Дронго.

— Говорите, — кивнула она.

— Несколько дней назад у вас умерла ваша пациентка, Генриетта Андреевна Боровкова. В ту ночь, когда вы дежурили.

— Как раз в прошлую смену, — вздохнула она. — Только Боровкова не умерла.

— Как это «не умерла»? — не понял Дронго.

— Ее убили, — спокойно, очень спокойно, сообщила Клавдия Антоновна.

И в кабинете воцарилось гнетущее молчание.

Глава 8

После того как она произнесла эти два слова, наступило молчание. Дронго нахмурился: похоже, в этом заведении есть свои тайны.

— Почему вы решили, что ее убили?

— Я видела ее лицо, — пояснила Клавдия

Антоновна, – и знаю, как умирают от наших болезней. Она умерла не от этого.

– Почему ж тогда вы сразу не сообщили об этом дежурному врачу?

– Там Алексей Георгиевич был. Я в другой палате была у тяжелой больной, капельницу ей меняла. А у нас в это время Зинаида обход делала. Вот она-то первой покойницу и обнаружила. И сразу позвала Алексея Георгиевича.

– Где были в этот момент вы?

– На втором этаже. Идрисовой было очень плохо, я ей капельницу ставила. А потом они накрыли Боровкову, чтобы отправить в наш «холодильник». Но перед этим я ее увидела. И сразу все поняла. Я хотела сказать об этом самому Федору Николаевичу, чтобы не подводить Мокрушкина и Зину. Они люди молодые, неопытные, покойников еще боятся, не научились присматриваться. Им ведь главное, чтобы пульс был и сердце работало. А в лицо покойнице они и смотреть не стали. Но я не успела сказать. Степанцев сам все посмотрел и решил отправить ее в морг. Тогда я поняла, что он знает, и решила молчать. Зачем поперек батьки в пекло лезть, если он сам все знает. И не мое это дело – расследованиями заниматься.

– А почему сейчас сказали?

— Я же сразу поняла, что вы не врачи. Когда вы в реанимацию к Идрисовой входили и на пороге замерли. Врачи так себя не ведут. Они бы сразу подошли к покойной и посмотрели на нее. Тем более если вы из башкирского хосписа, или он у вас там только строится, я не знаю. Но вы этого не сделали. И еще — вы так поздно задержались. Командированные в нашем учреждении до девяти вечера не задерживаются. Вот я все и поняла.

— Вы не совсем правильно поняли. Я действительно не врач, а психолог. А это мой напарник, он строитель.

— Значит, будет строить, — спокойно кивнула Клавдия Антоновна, — это его дело.

Похоже, она была уверена в том, что правильно разоблачила обоих приехавших.

— Почему же вы молчали столько дней? — поинтересовался Дронго. — Почему все-таки ничего не сказали?

— А зачем? Покойница была женщина с характером, и без меня хватало кому за нее переживать. А Федор Николаевич все сделал правильно. Отправил ее в городской морг и попросил, чтобы там провели вскрытие. Только не всем это понравилось. Сразу начали звонить, ругаться, угрожать. Об этом даже в газете пропечатали. Ну, это наши организовали, мы знаем. И я решила, что не нужно мне встревать в это дело. Спросят – скажу. Не спросят – моя хата с краю. Я не следователь и не врач, я – санитарка. Принеси, унеси, выброси, помой, помоги, отведи. Вот моя задача. А от чего она умерла и почему ее в морг отправили, пусть кому положено думают.

– Удобная позиция, – неприятным голосом заметил Дронго.

– Удобная, – согласилась она, – я поэтому и не встревала.

– Значит, вы были на первом этаже и не слышали, что происходит на втором?

– Я все слышала. Сразу наши собаки завыли. Они ведь беду чуют. И все поняли, что она умерла. Только мы думали, что она во сне умерла от болячек своих. А ее, покойницу, задушили. Видимо, подушкой накрыли и держали.

– Кто это мог сделать?

– Не знаю.

– Мужчина или женщина?

– Могла и женщина, для этого особой силы не нужно. Только подушкой накрыть и прижать. Ее многие не любили, как и нашу «царицу» Тамару.

– Вы говорите про Тамару Рудольфовну?

— Вот именно. Она тоже всех достает.

— В тот вечер в здании хосписа было четверо сотрудников и девять больных, не считая тех, кто был в реанимационных палатах под капельницами. Все правильно?

— Нет, неправильно. Ночью в здании нас было трое: Мокрушкин, Зинаида и я. Четвертого не было.

— Да, верно. Но четвертый был рядом. Ваш сторож Асхат, он был в соседнем здании.

— Только на него не думайте, — сразу встрепенулась Клавдия Антоновна, — он человек честный, порядочный. Копейку лишнюю не возьмет и вообще сюда никогда не заходит. Не его это дело — шастать к нам по ночам.

— Но он все же мог зайти. Ведь у него есть запасные ключи.

— Только если позовут. Сами сторожа никогда в жизни сюда не зайдут. Зачем им сюда заходить?

— Хорошо. Значит, вас было трое и девять больных. Итого двенадцать человек. Кто из них мог так сильно ненавидеть умершую, что решил сократить ее оставшиеся дни? Кто?

— Откуда я знаю? Только на Мокрушкина и Зину вы ничего худого не подумайте. Они люди молодые, такой грех на душу бы не взяли.

— Значит, тот, кто немолод, мог бы, по-вашему, такой грех взять?

— Я этого не говорила. Просто они молодые, у них вся жизнь впереди. А мы уже свое отгуляли, такого повидали, не приведи господь...

— И тем не менее вы не ответили. Исключим сторожа, который, как вы утверждаете, не стал бы заходить сюда. Убираем всех ваших сотрудников, дежуривших в ту ночь. Остаются девять пациентов. Кто из них мог совершить подобное? Кто и зачем?

— Не знаю, — пожала она плечами, — сама думаю и не понимаю. Радомир был в плохом состоянии, у него опять боли начинались, и я ему уколы сделала. Мишенин уже спал. Он на ночь снотворное принимает, чтобы спокойно уснуть. Угрюмов хотел курить, но я ему не разрешила курить в коридоре, и он пошел на кухню. Антонина Кравчук вообще старается не выходить из своей палаты, у нее ведь рак кожи. Тамара Рудольфовна была одна, она до этого оставалась с самой Боровковой. Это была идея нашей Светланы Тимофеевны. Она сказала, что нам нужно поместить двух сварливых старух в одну палату, чтобы они съели друг друга. А Желтович была одна, от нее тогда Идрисову наверх перевели. Вот и все. Да, еще одна палата у нас не спала — Шаблинская и Ярушкина. Но они телевизор смотрели почти до утра. Я им еще замечание сделала. Какая-то передача была про балерин Большого театра — ночью показывали, — вот они и сидели у телевизора. Больше никого.

— Витицкая, — напомнил Дронго, перебирая в памяти всех пациентов, — вы ничего не сказали про нее.

— И не скажу, — отрезала Клавдия Антоновна, — она у нас на особом счету. Можете поверить, что она уже два раза в город уезжала. У нас такого никогда не было. Одевается и уезжает. Вызывает машину и едет в город. А потом возвращается как ни в чем не бывало. У нее уже все внизу вырезали, метастазы пошли, но она все еще за собой следит, думает, что может все повернуть обратно.

— Разве это плохо? Шаблинская тоже за собой следит. По-моему, это очень достойно, и такое мужество заслуживает уважения. Если люди не хотят сдаваться даже перед лицом таких страшных болезней...

— Я против этого ничего не говорю. Только зачем себя так мучить? Витицкая два раза уезжала в город и два раза возвращалась. А потом плакала так громко, что ее во всех палатах слышали. И истерики такие устраивала, что мы с врачами еле-еле ее успокаивали. Приходилось даже уколы делать.

— Это тоже понятно. Она вырывается в другую жизнь, видит все, чего уже лишена и скоро будет лишена навсегда. И у нее происходит нервный срыв...

— Вы действительно психолог? Или сыщик? — спросила Клавдия Антоновна.

— И то и другое одновременно, — честно ответил Дронго.

— Ей лучше не ездить в город, — убежденно сказала санитарка, — не нужно так себя мучить. Раз уж сюда попала, то смирись и живи, как остальные. Это не нам решать, кому и когда уходить.

— Люди не способны смиряться так легко с подобными обстоятельствами, — возразил Дронго. — Значит, Витицкая в ту ночь не была в хосписе?

— Кто вам такое сказал? Конечно, была. Только она спала. Вернулась днем из города, разбила посуду в столовой, устроила истерику, плакала, кричала, что у нее нет детей, а у Антонины три дочери. Потом мы сделали ей укол, и она заснула.

— Они не ладят с соседкой?

— Души друг в друге не чают. Антонина только ее и пускает к себе. Но иногда такие срывы случаются. У Витицкой ведь три мужа было, и ни одного ребеночка. А у Антонины Кравчук действительно три дочери. И все три красавицы. Старшая несколько раз сюда приезжала, только мать запретила ей здесь появляться. Я фотографии видела, девицы просто на подбор. Самое важное, чтобы им материнская болезнь не передалась. Каждый день Антонина Бога об этом молит. Не за себя, а за девочек своих просит. Чтобы счастливы были и долго жили безо всяких болезней. Вот, наверно, Витицкая видит это и переживает. Ей ведь молиться даже не за кого. Мужики как кобели: сделали свое дело — и в сторону. Даже не навещают ее. Только двоюродные сестры иногда появляются. Вот ей и обидно бывает. А к Антонине почти каждый день муж приезжал. Она ему тоже запретила сюда приезжать. Не нужно, говорит, меня жалеть. А ведь пациентам прежде всего это нужно. Чтобы помнили о них, жалели, приезжали. Знаете, как они радуются таким посещениям! Только родственников тоже понять можно. Разве есть охота каждый день своего близкого человека в таком состоянии видеть? Только расстраиваешься.

Вейдеманис беспокойно шевельнулся. Он, видимо, вспомнил свою историю. Врачи считали, что у него почти нет шансов, но операция прошла хорошо и он выжил вопреки всему. Сейчас он, очевидно, вспоминал перипетии своей истории.

— Давайте по порядку, — предложил Дронго. — Когда начались приступы у Радомира? До того, как в реанимационную палату к Боровковой вошли ваш врач и санитарка? Или после?

— До этого, — немного подумав, ответила Клавдия Антоновна, — было уже совсем поздно.

— Значит, можно предположить, что он был в сознании, когда убивали Боровкову?

— Можно, — опять немного подумав, согласилась санитарка, — только он с ночи начинает чувствовать себя плохо.

— Я сейчас исследую только гипотетические возможности. Как версии, — пояснил Дронго. — Когда сделали укол Витицкой?

— Перед ужином.

— Следовательно, она спала и не могла выйти из своей палаты?

— Да. Она даже не ужинала.

— Мишенин принимает снотворное?

— Да, я ему сама относила таблетку.

— Посмотрите, как сужается круг подозреваемых. Остаются шесть человек. Один мужчина — Арсений Угрюмов, который как раз ходил по коридору, и пятеро женщин: балерина Шаблинская, супруга бывшего министра Ярушкина, ваш знаменитый директор Тамара Забелло, бабушка Желтович и Антонина Кравчук. Все правильно?

— Антонину уберите из этого списка. Она не выходит из палаты, стесняется.

— Но теоретически она ведь могла выйти из палаты?

— Да, могла.

— Шесть человек вместо тринадцати, — подвел итог Дронго. — Тоже много, но уже гораздо лучше.

— Если вы ищете того, кто это мог сделать, то я вам могу сказать, — неожиданно предложила Клавдия Антоновна.

— Мы вас слушаем.

— Тамара Рудольфовна, — спокойно сообщила санитарка. — Она еще в хорошей физической форме. У нее сильные руки бывшей ткачихи — она ведь начинала у себя на фабрике обычной ткачихой, потом пошла по комсомольской и партийной линии, дослужившись до директора. И, конечно, это было нашей ошибкой – поместить их с Боровковой вместе. Они ведь знали друг друга еще по совместной работе в Ленинграде. И еще тогда не очень любили друг дружку. А тут остались вместе, в одной палате...

– Это была идея Светланы Тимофеевны, как вы сказали, – вспомнил Дронго. – А почему Федор Николаевич не возражал? Разве он не понимал, какую искру может высечь столкновение этих двух женщин?

– Понимал, конечно. А может, он решил не спорить со своим заместителем? – усмехнулась Клавдия Антоновна.

– Чтобы ее подставить, – понял Дронго. – Она ведь не разбиралась в ваших тонкостях. Если между женщинами что-то произойдет, то тогда все можно будет легко свалить на своего заместителя, которая и приняла такое странное решение, объединив их в одной палате.

– Я вам ничего такого не говорила, – строго возразила санитарка.

– Разумеется, не говорили, я сам догадался. И теперь понятно, почему он не стал возражать против такого решения. Ему тоже нужен был скандал, только направленный против Клинкевич. Если одна старуха убила другую в результате их полной несовместимости, то виновата в этом будет врач, которая поселила двух таких неуравновешенных пациентов в одну палату.

— Так она и виновата, — упрямо кивнула Клавдия Антоновна, — она все это и организовала. Поэтому я думаю, что Тамара Рудольфовна поднялась на второй этаж и свою соперницу, значит, придушила. У нас говорят, что погибшая два года возражала против присвоения звания Героя Социалистического Труда нашей Тамаре Рудольфовне. Представляете, как они ненавидели друг друга?

— Теперь представляю, — согласился Дронго. — Значит, вы думаете, что это могла быть она?

— Она ведь одна оставалась в палате, — напомнила санитарка, — никого рядом не было.

— Желтович тоже была одна. От нее увезли Идрисову, — вставил Вейдеманис.

— Казимира Станиславовна даже мухи не обидит, — возразила санитарка. — Хотя вы правильно сказали: она тоже была одна. Остальные были все вместе. Кроме Угрюмова.

— А он как относился к погибшей?

— Терпеть ее не мог. Просто ненавидел. Она однажды такое устроила в столовой! Ей еда не понравилась, а Угрюмов, наоборот, попросил добавки. Вот она и начала кричать на него, что он быдло, сам себя угробил, умирает от своего алкоголизма. Не дала ему спокойно поесть. Он встал и ушел. А она еще долго не могла успокоиться. Кричала, что они все болеют, а он сам себя убил, разрушив свою печень алкоголем. И все это слышали.

— Вы ее тоже не очень любили?

— А почему я должна была ее любить? Я санитарка, у меня своя работа. Уколы я ей делала, как и остальным, еду приносила, убирала. А любить ее я была не обязана. И вообще я никого не обязана любить, кроме своих близких.

— У вас были посещения в тот день?

— Кажется, были. Но я точно не помню. Лучше посмотреть записи в журнале нашего завхоза. Там все строго отмечается, кто когда пришел и ушел. У нас праздных посетителей не бывает. Все должны бахилы надеть и белые халаты. И пускают к нам только с разрешения главного. Это уже как закон.

— Понятно. Могу я попросить вас, чтобы о нашей беседе никто не знал?

— Никто и не узнает, — ответила она, — раз так нужно. До свидания!

Клавдия Антоновна вышла из кабинета. Дронго поднялся следом, прошелся по кабинету, посмотрел на Эдгара.

– Нужно было сюда приехать, чтобы узнать столько нового. Судя по всему, битва за кресло главного врача идет нешуточная, и здесь не брезгуют любыми методами. Клинкевич, конечно, не ангел, но и ее шефу тоже далеко до ангельских крыльев.

– Каков поп, таков и приход – так, кажется, говорят, – невозмутимо заметил Вейдеманис.

– Нужно поговорить с Мокрушкиным, – предложил Дронго. – Интересно, где сейчас хозяин кабинета?

– Пойдем поищем обоих, – предложил Вейдеманис, – только нужно быть внимательнее и осторожнее. Ты видишь, как быстро и умело нас вычислила эта санитарка.

– Мы сразу сообщили, что не врачи. Иначе нас бы попросили дать какую-нибудь консультацию или посмотреть больного. А так – проще и удобнее.

Они вышли в коридор. Здесь царила тишина. Почти не было слышно никаких звуков. Пройдя по коридору, они дошли до комнаты дежурных врачей и постучались. Никто им не ответил. Дронго приоткрыл дверь. В комнате никого не было. Они вернулись к кабинету главного врача и решили спуститься вниз, на первый этаж. Неожиданно громко завыли собаки. Дронго и Вейдеманис замерли, переглядываясь друг с другом.

– Неужели еще кто-то умер? – прошептал Эдгар.

– Нет, – ответил Дронго, прислушиваясь, – они воют не так, как раньше.

На первом этаже они увидели незнакомую женщину лет сорока в белом халате. Женщина приветливо поздоровалась.

– Добрый вечер, – кивнул Дронго, – вы, очевидно, Регина?

– Да, – кивнула санитарка, – я сегодня дежурю вместо Зинаиды.

– Мы это знаем. А где ваши врачи? Куда они подевались?

– Пошли в «холодильник», – пояснила санитарка, – отвезли туда тело умершей Идрисовой.

– Поэтому собаки снова завыли, – понял Дронго.

– Они там рядом. Чувствуют, когда в «холодильник» кого-то везут, – пояснила Регина. – Сейчас врачи вернутся, вы можете не беспокоиться. А если нужно, я позову Клавдию Антоновну.

– Нет, спасибо, – ответил Дронго, – не нужно. Где у вас журнал посещений?

– Здесь, внизу, в кабинете нашего завхо-

5-4598

за, – пояснила Регина. – Только кабинет сейчас закрыт. Завхоз утром приедет.

– Спасибо, мы лучше подождем врачей прямо здесь. Они ведь все равно отсюда пройдут.

– Хорошо. – Она повернулась и пошла по коридору.

Ждать им пришлось недолго. Через несколько минут появился Мокрушкин. Увидев Дронго и Эдгара, он ощутимо испугался, словно увидел привидения, которых не ожидал встретить в коридоре хосписа.

– А где Федор Николаевич? – осведомился Дронго.

– Он там... там... – забормотал Мокрушкин.

Глава 9

Было очевидно, что он нервничает больше обычного.

– Я вас не совсем понимаю, – сказал Дронго.

– Он остался посмотреть. Сейчас придет, – наконец выдавил Мокрушкин.

– Мы можем побеседовать с вами? – спросил Дронго.

– Нет... то есть да. Конечно, можете. Где вы хотите беседовать со мной?

– В комнате врачей, там будет удобнее, – предложил Дронго. – И не нужно так нервничать.

– С чего вы взяли, что я нервничаю?

– Вижу, – ответил Дронго, не вдаваясь в подробности.

Мокрушкин дернулся, но не решился спорить.

В комнате врачей никого не было. Здесь Мокрушкин почувствовал себя гораздо увереннее. Он уселся на стул, стоявший у стола, показал на другие стулья. Когда все расселись, он сказал вполне твердым голосом:

– Слушаю вас.

Однако было заметно, как ручка, которую он взял в правую руку, дрожит в его пальцах. Он бросил ее на столик.

– Спокойнее, – посоветовал Дронго, – мы ведь хотим только поговорить.

– Кто вы такие, – встрепенулся Мокрушкин, – что вы здесь делаете так поздно? Если вы приехали из Башкирии, то почему не возвращаетесь в отель? Завтра утром все врачи будут на месте и вы сможете с ними переговорить.

– Нам не нужны все врачи, – возразил Дронго, – нам нужны именно вы, Алексей Георгиевич.

– Почему именно я? – нервно спросил Мокрушкин. – Кто вы такие?

– Пока всего лишь гости вашего хосписа. А почему именно вы нужны нам, ответ на этот вопрос очень простой. Именно в ваше прошлое дежурство произошла смерть Боровковой.

– Ну и что? При чем тут Боровкова? Она была очень больна. Все об этом знали. Вы из прокуратуры? Или журналисты? Зачем вам нужна эта история.

– Именно об этом мы хотим с вами переговорить.

– Я не буду с вами разговаривать, – выдохнул Мокрушкин. – Если даже статью организовали против Федора Николаевича, то я не виноват. Я не думал, что все так получится. Я не хотел, не знал... – он сбился и замолчал, тяжело дыша.

Дронго и Вейдеманис переглянулись.

– Это вы сообщили Светлане Тимофеевне все подробности, – понял Дронго, – рассказали, что Степанцев принял решение отправить тело в городской морг, что он потребовал подписи Глейзера. Верно?

– Я не думал, что все так получится, – опустошенно произнес Мокрушкин. – Я просто доложил ей о случившемся за время моего дежурства. Она приказала, чтобы ей докладывали отдельно. Сурен Арамович или Людмила Гавриловна могут игнорировать ее замечания, а мне... у меня не получается. Вдруг она действительно станет главным врачом... У меня семья, маленький ребенок. Ни в одной больнице Николаевска я не смогу получать столько, сколько здесь. Сурену Арамовичу не страшно, он может устроиться в любом месте, его везде с руками оторвут. А куда мне идти? Поэтому я ей все рассказал.

– Вы не поняли, почему Степанцев принял такое решение?

– Я думал, что из-за самой Светланы Тимофеевны. Это ведь она настояла, чтобы мы двух наших самых привередливых пациенток поместили в одной палате. Ну а Федор Николаевич не возражал. Начались самые настоящие баталии. А потом Боровкова умерла. Я подумал, что он... в общем, что он хочет свалить вину на Светлану Тимофеевну.

– И решили упредить события. Сыграть на нее, рассчитывая, что она выйдет победителем, – понял Дронго.

– Просто я запутался. А у нее связи, большие возможности. Она меня даже в город может перевести. Мы ведь живем в квартире моей тещи, а так я мог бы получить квартиру и в самом городе. В общем, я ей все и рассказал, что он отправил тело в городской морг. А она статью организовала против него. Нехорошую статью. Подлую.

— И сегодня тоже вы отличились, — догадался Дронго.

— Откуда вы знаете?

— Понял по вашему виду. Вы ведь знали, что останетесь на дежурство. А тут Федор Николаевич уезжает на совещание в город, и его машина едет кого-то встречать. Вы наверняка узнали, что Дмитрий поедет встречать гостей из Башкирии, и предупредили Клинкевич. Все правильно?

— Да, — опустил голову Мокрушкин, — она решила остаться и сама принять гостей. Решила не уезжать, пока вы не приедете. И мне наказала рассказать вам, как вел себя Степанцев, когда не хотел отдавать тело умершей ее родственникам и нарочно затягивал оформление документов.

— Вы хотя бы поняли — почему он так поступил?

— Думаю, что из-за нее. У них свои счеты, каждый пытается выиграть за счет другого.

— И ничего подозрительного в ваше дежурство не произошло?

— Нет, ничего. Все было как обычно. Немного нервничала Витицкая — она была в городе и, вернувшись, сорвалась на истерику. Мы сделали ей укол. Потом возникли проблемы у Радомира Бажича. Ему тоже пришлось сделать укол. Вернее, у него их целый комплекс, там два укола подряд. У него сначала начинаются боли. Он словно чувствует запах жареного мяса. Говорят, схожие проблемы бывают у эпилептиков. Но у тех после приступов восстанавливается сознание, а у нашего Радомира сознание с каждым разом угасает все сильнее и сильнее.

– Как вы обнаружили умершую?

– Завыли собаки, и мы привычно начали очередной обход. Клавдия Антоновна задержалась в палате Идрисовой, а Зиночка сразу побежала к Боровковой. Она до этого ее смотрела, все было нормально. А тут она сразу позвала меня. Я обратил внимание на ее лицо. Такое ощущение, будто ее задушили. Но мы знали все ее болезни. Поэтому я сразу накрыл лицо умершей одеялом.

– Почему вы разрешаете Витицкой уезжать в город, если у нее случаются такие срывы после этого?

– Это не я разрешаю, а сам Федор Николаевич. Он считает, что любые запреты вредны. Здесь не тюрьма, часто говорит он. Здесь место, где мы помогаем людям достойно завершить свое земное существование, облегчаем их страдания. Поэтому он категорически против всяких запретов.

— Может быть, он прав, — задумчиво предположил Дронго. — В тот день у вас были посетители?

— Да, были. Все подробности записаны в журнале нашего завхоза Евсеева. Но в этот день приезжал двоюродный брат Витицкой. Он заезжал за ней примерно в половине одиннадцатого утра. Потом, после обеда, было еще двое посетителей. Казимире Станиславовне привозили книги. Водитель мужа ее внучки. И еще к Шаблинской кто-то приезжал. Не знаю, кто точно. Вам лучше просмотреть журнал.

— Нам сказали, что Мишенин обычно принимает снотворное, чтобы заснуть.

— Каждую ночь. А почему вы спрашиваете?

— Нам важно понять, кто в ночь вашего предыдущего дежурства мог бодрствовать в то время, когда вы нашли умершую Боровкову.

— Многие, — немного подумав, ответил Мокрушкин, — у нас вообще люди плохо спят по ночам. Витицкой сделали укол, наверно, она спала. Радомиру тоже было плохо, с ним возилась Клавдия Антоновна, уколы ему делала. Мишенин точно спал. Угрюмов не спал, он все время ходил по коридору. Ему делают замечание, а он все равно курит. Ходит на кухню – там окно открытое есть – и курит, как мальчик, тайком. Ему уже объясняли, что здесь вообще нельзя курить, но он не обращает внимания. Все равно, говорит, от рака легких я не умру. Просто не доживу. Меня уже сгубила другая крайность. У него ведь цирроз печени. Шаблинская не спала, я видел ее в столовой, она туда за водой заходила. Вот еще необыкновенная женщина! Несмотря на свой возраст и болезнь, даже ночью в коридор не выйдет, если не причешется и не оденется. Они смотрели вместе с Ярушкиной какую-то передачу. Кто еще? Казимира Станиславовна тоже не спала, я точно знаю, видел свет в ее палате. Вот и все. У нас ведь не так много пациентов, за всеми можно уследить. Троих врачей и санитарок вполне достаточно. Светлана Тимофеевна требовала, чтобы по ночам дежурили даже два врача, но так будет слишком тяжело для всех, и Федор Николаевич не разрешил. Одного врача вполне достаточно. А если нужно, я всегда могу вызвать кого-то из дома. У Сурена Арамовича и Людмилы Гавриловны есть свои машины. И сам Степанцев всегда может приехать, если понадобится.

– Нам говорили, что у Боровковой был сложный характер.

– Очень сложный, – кивнул Мокрушкин, – она со всеми конфликтовала. Но быстро отходила. Потом переживала. Сама говорила, что ее главный враг – это ее язык. Она быстро вспыхивала и быстро успокаивалась. А вот Тамара Рудольфовна совсем не такая. Она долго помнит обиду и никогда не забывает своих обидчиков. Уникальная женщина. На все праздники она надевает свою звезду. Мы потом узнали, что это камуфляжная звезда. Настоящую она спрятала дома, а эту надевает по праздникам. У нее четыре ордена – можете себе представить, какая это была женщина.

– Говорят, что они с Боровковой конфликтовали друг с другом?

– Еще как. Спорили до хрипоты с цитатами из классиков марксизма-ленинизма. Буквально кричали друг на друга. Они ведь обе были членами Ленинградского обкома партии, знали друг друга уже много лет. И встретились у нас. Представляете, как им было неприятно встретиться именно здесь? Ведь обе они считались очень успешными женщинами. Боровкова была всемогущей главой многомиллионного города. Все знали, что основные решения принимает не сам председатель Ленгорсовета, а его первый заместитель. Я слышал, что тогда даже хотели сделать ее председателем, но где-то в Москве ее документы не прошли. К женщинам было некое предубеждение, сделать главой города даму было сложно. Да и первый секретарь обкома наверняка тогда возражал. Кому захочется иметь у себя такого руководителя местной власти?

— Откуда вы все это знаете? Вы же совсем молодой человек, практически не жили при советской власти. Вам тогда было девять или десять лет?

— Бабушка рассказывала. Она у меня в Санкт-Петербурге живет, всю жизнь библиотекаршей проработала в райкоме партии. От нее я узнавал все эти подробности.

— Там был кабинет политического просвещения, при котором была библиотека, — поправил его Дронго, — так тогда назывались библиотеки в райкомах партии.

— Может быть, — улыбнулся Мокрушкин, — я таких подробностей уже не знаю.

— А насчет второй?

— Вторая была директором самого успешного предприятия. Героем Социалистического

Труда. В те времена, говорят, ставили памятники тем, у кого были две звезды.

– Бюсты на родине, – поправил его Дронго, – действительно ставили.

– Ну вот она, очевидно, считает, что мы должны относиться к ней как к живому памятнику. А она для нас – обычный пациент, только немного беспокойный.

– Вот тут вы не правы, Мокрушкин. К таким людям действительно нужно относиться с особым пиететом. Даже в те годы, когда грудь Брежнева украшали все мыслимые и немыслимые награды, Героями просто так обычные люди не становились. Это звание, как и остальные ее ордена, нужно было заслужить. Вот поэтому вам и нужно относиться к ней соответственно.

– Передам нашим врачам и санитаркам ваше пожелание, – пообещал Мокрушкин, – но, в общем, все понятно. Они не очень любили друг друга. Каждая претендовала на роль первой дамы в нашем заведении. А тут еще Шаблинская их раздражала. Она ведь так ухаживает за собой, так следит до сих пор. И фигуру такую сохранила. Понятно, что ей ничего нельзя есть, кишечник больной. Но она ведь всю жизнь такой была, за собой следила, на диетах сидела, маски разные делала. И сейчас всех заражает своим оптимизмом. Потрясающая женщина. Я все время думаю, что наверняка сорок или пятьдесят лет назад у нее была целая куча поклонников.

– Вы, наверно, считаете, что поклонники бывают только в двадцать или в тридцать лет, – усмехнулся Дронго, – учитывая, что вам самому двадцать девять. Все не так просто, господин Мокрушкин. Французы говорят, что женщина как вино: чем старше, тем лучше. Раньше я считал это просто обычным словесным упражнением, а с годами понимаю, что французы правы. Умная женщина может вызвать симпатию и даже обожание и когда ей далеко за сорок, и когда за пятьдесят. Некоторым удается потрясающе выглядеть и даже вызывать интерес молодых мужчин, когда им за семьдесят.

– В возрасте моей бабушки, – улыбнулся Мокрушкин, – но этого не бывает никогда.

– Актриса Софи Лорен, – напомнил Дронго, – согласитесь, что в нее можно влюбиться даже сейчас. И еще сколько угодно примеров. Поэтому не будьте так категоричны. Это все издержки молодости.

В этот момент дверь открылась, и в комнату

вошел главный врач. Все трое мужчин поднялись.

– Вот вы где, – пробормотал Федор Николаевич, – я так и думал. Клавдия Антоновна сказала мне, что вы уже закончили разговор с ней. Я вам не помешал?

– Нет, мы здесь тоже закончили. У нас к вам просьба. Можно посмотреть журнал посещений, который хранится у завхоза?

– Только завтра утром, – ответил Степанцев, – это его хозяйство, и мы не имеем права брать журнал без его разрешения.

– Хорошо, – согласился Дронго, – тогда завтра утром мы снова приедем к вам. До свидания, господин Мокрушкин.

– До свидания, – кивнул на прощание молодой врач.

– Закройте двери и все осмотрите, – распорядился Степанцев.

Они вышли в коридор и направились к лестнице.

– Что-нибудь узнали? – поинтересовался главный врач.

– Много нового и интересного, – ответил Дронго. – Самое обидное, что уже завтра Светлана Тимофеевна будет знать, что мы ее обманули. И, боюсь, соответственно к нам относиться. Ни Мокрушкин, ни Клавдия Антоновна не поверили, что мы врачи из Башкирии. Поверила только ваш заместитель, которая хотела в это верить. Она считала, что ее нарочно не предупредили, чтобы можно было принять гостей и высказать им какие-нибудь претензии в адрес своего заместителя.

– Она попала в собственные сети, – с удовлетворением пробормотал Степанцев, – так ей и надо. Пусть помучается. Завтра над ней все будут смеяться, вспоминая, как она виляла перед вами хвостом. Пусть для нее это будет уроком.

– Я бы не стал раздражать ее столь сильно. Тем более что вы тоже не без греха. Вы ведь опытный человек, пожилой, работали во властных структурах области. И прекрасно понимали, что две такие женщины, как Боровкова и Забелло, просто не уживутся вместе. Почему вы разрешили поселить их в одной палате?

Они спустились на первый этаж, приостановились перед выходом.

– Это было не мое решение, – сообщил Степанцев, чуть покраснев, – так решила Светлана Тимофеевна, а я не стал возражать. В конце концов, пусть она сама отвечает за свои ошибки и неверные решения. Нельзя быть настолько некомпетентной в подобных вопросах. Она ведь офтальмолог, а вторгается в сферу психиатров, онкологов, хирургов, психологов. Я не стал возражать, когда она приняла такое идиотское решение.

— Но это решение сказалось на жизни ваших пациентов.

— Не очень сильно. Им, по-моему, доставляла удовольствие подобная пикировка. Кровь быстрее бежала в жилах, они вспоминали молодость, забывая даже на время о своих болячках. Если хотите, это был такой психотерапевтический момент. Когда пациент, раздраженный каким-то внешним фактором, даже забывает о своей болезни.

— Возможно. Но Боровкову убили.

— Пока никто не доказал, что это сделала ее соседка по палате. К тому же зачем ей было так рисковать? Все понимали, что она могла это сделать, значит, подозрение пало бы именно на нее. И потом, зачем так долго ждать? Можно было набросить подушку, когда ее соседка спала с ней в одной палате. Зачем нужно было ждать, когда мы переведем Генриетту Андреевну в реанимацию на второй этаж?

— А вы нарочно перевели ее наверх, чтобы погасить конфликт? — спросил Дронго.

– Отчасти да, – кивнул Степанцев. – Вот видите, какие у нас здесь сложные отношения. Целый мир страстей и интриг в одном небольшом хосписе. Небольшая модель земной цивилизации, если хотите. Кого здесь только нет. Но мне важно узнать, кто из них убийца. Хотя бы для себя. Если это кто-то из наших пациентов, то его все равно не сможет покарать рука правосудия, как говорят в таких случаях. Ни один из наших пациентов просто не доживет до решения суда. Но для себя я хочу знать. Чтобы сделать соответствующие выводы и исключить подобные происшествия в будущем.

Они прошли к машине. Степанцев взглянул на сидевшего за рулем Дмитрия. Тот весело говорил с кем-то, скорее всего с женщиной, по мобильному телефону.

– В машине не будем говорить о делах, – попросил главный врач, перед тем как сесть рядом с водителем. Халаты они оставили на вешалке, надели свои плащи. Дронго и Вейдеманис разместились на заднем сиденье. Машина выехала со двора, ворота за ней медленно закрылись. Степанцев повернулся к ним.

– Когда за вами заехать завтра?

– Утром, когда вы поедете на работу, –

предложил Дронго, – чтобы не гонять два раза машину.

– Тогда в половине девятого, – сказал главный врач. – Сумеете подняться, или лучше прислать машину немного позже?

– Нет. Как раз в половине девятого будет хорошо. Мы хотим завтра провести весь день в вашем хосписе. Так будет лучше и для нас.

– Хорошо, – согласился Степанцев. Больше в салоне машины не было произнесено ни слова. Когда они подъехали к отелю и все трое вышли из автомобиля, Федор Николаевич покачал головой.

– Врачи из Башкирии живут в таком роскошном отеле, – иронично пробормотал он. – Похоже, наша легенда рушится на глазах.

– Она уже рухнула, просто вы об этом пока не знаете, – негромко сказал Дронго на прощание. Степанцев озадаченно посмотрел им вслед.

Глава 10

В половине девятого утра машина уже ждала их у подъезда отеля. Оба напарника вышли вместе. Федор Николаевич вылез из салона, поочередно обменявшись с каждым крепким рукопожатием. Они расселись, и машина тронулась в сторону Николаевска.

— Я думал над вашими словами, — признался Степанцев, — и мне кажется, что вы правы. Кто-то сообщил подробности о смерти Борвковой и о моем желании проверить ее тело в городском морге. Кто-то вчера сообщил моему заместителю о том, что Дима поехал за вами на вокзал. Боюсь, что некоторые сотрудники работают на моего заместителя.

Водитель согласно кивнул головой. Очевидно, эту мысль они уже обсуждали.

— Ваш заместитель имеет влиятельного мужа, — напомнил Дронго, — и все совсем не так просто, как вы думаете. Все отлично понимают, насколько неприемлемо и глупо она ведет себя, но не хотят с ней связываться. К тому же у нее обширные связи, а вам уже за пятьдесят. В любой момент ситуация может измениться, и не в вашу пользу. А люди обязаны думать о своих семьях. Поэтому я бы на вашем месте не стал так рьяно искать виноватых. Понятно, что все будут на вашей стороне. Но некоторые из-за слабости, некоторые из корыстных побуждений, а еще кто-то просто из-за нежелания конфликтовать будут уступать вашему заместителю раз за разом, работая на обе стороны. Это не предательство, каковым оно выглядит в ваших глазах. Это скорее здоровый прагматизм.

— Предательство всегда оправдывают высокими мотивами или пытаются объяснить обычным прагматизмом. У людей должна быть хоть какая-то мораль, — убежденно произнес Степанцев.

— Мы всегда будем иметь такую мораль, которая соответствует нашим силам, — так говорил Ницше.

— Это не наш автор. Буревестник фашизма.

— Я бы не стал так однозначно оценивать его. Он был великим философом, и многие его сентенции кажутся мне не лишенными здравого смысла. Подумайте над этим, Федор Николаевич.

— С каким удовольствием я бы избавился от своего заместителя, — в сердцах произнес Степанцев, — хоть бы ее уже куда-нибудь выдвинули! Нам всем стало бы гораздо легче.

— Вчера мы беседовали с Клавдией Антоновной, — сказал Дронго, — мне кажется, она очень здраво мыслит. У нас уже есть некоторые наметки, но мы хотели бы побеседовать с вашими пациентами.

— Если они захотят, — напомнил Федор Николаевич. — Не забывайте, что у нас не совсем обычная больница и тем более не совсем обычные пациенты. Они могут отказаться, это их право, и никто не может их неволить.

— Не сомневаюсь. Но я надеюсь, что многие согласятся побеседовать со мной. В конце концов, просто интересно разговаривать с человеком, приехавшим из далекой Башкирии, — сказал он в расчете на водителя.

Степанцев благожелательно кивнул в знак согласия.

На переезде их задержали больше обычного, и в хоспис они прибыли, когда на часах было уже десять минут одиннадцатого. В дверях стояла Светлана Тимофеевна словно живой укор опоздавшему главному врачу. Увидев, как из его машины выходят вчерашние «врачи из Башкирии», она просто повернулась и пошла к себе, даже не здороваясь. Ей уже рассказали, что таинственные командированные пробыли в хосписе до девяти часов вечера и уехали вместе с главным врачом. Причем санитарки шепотом передавали, что никакие это не «врачи из Башкирии», а следователи из Санкт-Петербурга, которые должны проверить работу хосписа и непонятную задержку с выдачей тела умершей Боровковой. Некоторые даже намекали, что та умерла и не своей смертью. Светлана Тимофеевна была оскорблена в своих лучших чувствах. Из-за этих людей она вчера осталась на работе, задержала на целый час машину мужа, принимала их как самых почетных гостей — а оказалось, что они просто посмеялись над ней и обманули ее! Гнев женщины был направлен даже не столько против них, сколько против главного врача, посмевшего так унизить и обмануть своего заместителя. Она не сомневалась, что именно он подстроил эту «ловушку» с гостями, и с утра накричала на не спавшего всю ночь Мокрушкина, который выдал ей столь неверную информацию.

Правда, тот же Мокрушкин заявил, что эти люди никакие не врачи, а настоящие следователи, которых интересуют все подробности смерти Генриетты Андреевны. И тогда Светлана Тимофеевна задумалась. Может, главный врач решил таким образом отыграться? Пригласил следователей, чтобы обвинить ее в непреднамеренном убийстве Боровковой, которая могла умереть от разрыва сердца в результате систематических скандалов со своей соседкой по палате. А обвинить в подобном могли именно ее, Светлану Клинкевич. Поэтому она не стала даже здороваться с этими непонятными людьми, уйдя в свой кабинет.

Степанцев поднялся к себе вместе с Дронго и Вейдеманисом и созвал всех врачей и санитарок на ежедневную летучку. Врачи собирались у него в кабинете. Кроме Клавдии Антоновны и Регины, дежуривших ночью, а также Мокрушкина, который сдал свое дежурство в девять утра, доложив о смерти Идрисовой, все остальные были на месте. Тринадцать врачей и санитарок собрались за длинным столом. Дронго и Вейдеманис сидели в его конце. Врачи и санитарки, увидев посторонних, начали шушукаться.

Последней явилась Светлана Клинкевич. Щеки у нее были пунцовыми, но она вошла в кабинет, твердо стуча своими высокими каблуками. И, коротко поздоровавшись, прошла на свое место, по правую руку от главного, и молча опустилась на стул.

– Начнем, – предложил Степанцев, – прошу всех встать и почтить память умершей сегодня ночью Санубар Идрисовой.

Все молча поднялись. Простояли секунд двадцать.

– Спасибо, – сказал Степанцев, – теперь можем садиться. Хочу представить вам двух наших... коллег из Башкирии. Господа Хабибулин и Вейдеманис. Сегодня и завтра они будут с нами. Теперь насчет Идрисовой. Мокрушкин сообщил нам, что у нее вчера вечером остановилось сердце. Я как раз успел вернуться сюда после совещания и сам осмотрел ее. Родственникам уже сообщили, Сурен Арамович?

– Они приедут к двум часам дня, – сообщил Мирзоян. Это был мужчина лет пятидесяти, в больших роговых очках, с резкими, запоминающимися чертами лица, немного выпученными глазами, крупным носом и копной седых волос.

– Нужно будет все оформить до того, как они приедут, – напомнил Степанцев, – чтобы они не ждали.

– Тело не будем отправлять в морг на вскрытие? – уточнил Мирзоян.

При этом вопросе Клинкевич демонстративно повернулась и в упор посмотрела на главного врача.

– Думаю, что такой необходимости нет, – решил Федор Николаевич.

– Правильно, – сказал Мирзоян, – они ведь мусульмане. У них не принято трогать тело после смерти. Они всегда просят не проводить вскрытия.

– Откуда вы знаете? – не выдержала Светлана Тимофеевна. – Вы, по-моему, армянин, а не мусульманин.

– Я бакинский армянин, – мягко ответил Сурен Арамович, – и первые тридцать пять лет своей жизни жил в Баку, который покинул после известных всем событий в Карабахе. Но традиции мусульман и их обычаи мне хорошо известны. Они будут категорически против вскрытия. Вообще у мусульман, как и у евреев, принято хоронить человека в день смерти. Еще до заката тело должно быть предано земле.

– Непонятный обычай, – снова не выдержала Светлана Тимофеевна. – Они так торопятся избавиться от своих покойников?

– Нет. Этот обычай связан с теми местами, где зародились иудаизм и ислам, – пояснил Мирзоян, – жаркие пустыни. Там нельзя долго оставлять тела умерших. Они начнут быстро разлагаться и вызывать ужасные болезни.

– Вы у нас эрудит, – кивнула Клинкевич, – спасибо, что пояснили.

– Значит, подготовьте все документы, – мрачно попросил Степанцев. – Что у нас еще?

– Радомиру Бажичу сегодня опять было плохо. Где-то после четырех утра, – сообщила другая женщина-врач. У нее было немного вытянутое лицо, собранные под шапочкой русые волосы, светлые глаза.

– Людмила Гавриловна, – обратился к ней

Степанцев, – что вы советуете? Его приступы начали учащаться.

– Нужно переводить его в реанимацию, – вздохнула Суржикова, – в любой момент он может окончательно потерять сознание. Кажется, он это чувствует. Боли усиливаются, и постепенно больные клетки теснят здоровые. Как только процесс затронет лобные доли мозга, все будет кончено. Он потеряет свою индивидуальность.

Она сказала это довольно бесстрастным голосом, как говорят врачи о своих больных, но было заметно, что она волнуется.

– Что-то не так? – спросил Степанцев. Он тоже почувствовал ее волнение.

– Не знаю. Не хочу говорить, – она снова тяжело вздохнула, – вчера днем я с ним разговаривала. Он понимает, что у него остались последние дни, возможно, часы. Только спросил меня, верю ли я в Бога. Я сказала, что в Николаевске есть православный священник, мы можем позвать его, если он хочет исповедаться. Можно пригласить даже католического священника из Санкт-Петербурга, если он католик, но Радомир перебил меня и снова спросил, верю ли я в Бога. Я честно призналась, что я агностик. И тогда он спросил меня: зачем Богу нужно было создавать его, чтобы убить в столь молодом возрасте? Для чего нужна такая жестокость и такое непонятное применение сил? Или его пример должен послужить кому-то наглядным уроком?

— Что вы ему ответили?

— Ничего. Я сидела и молчала. Не знаю, что говорить в подобных случаях. И никогда не знала. Врать не хочу, а говорить какие-то слова утешения, по-моему, просто стыдно.

— Вы врач, а не исповедник, — строго напомнил Степанцев, — и ваша задача в любом случае облегчать его муки. Не только физические, но и нравственные. И не нужно никому говорить, что вы агностик. Это ваше личное дело. В таких случаях можно соврать. Скажите, что вы верующая. Ему будет легче.

— Простите, Федор Николаевич, но ему было бы тяжелее. Если Бог есть, то почему он позволяет людям так страдать? А если его нет, то тогда это бессознательная ошибка природы и с этим тоже трудно примириться. Ведь тогда выходит, что именно ты оказался в числе «проигравших».

— У нас прямо религиозный диспут на тему, есть ли Бог или его нету, — снова вмешалась Клинкевич. — Вы не вспомнили, что вы профессиональный врач, Людмила Гавриловна.

Когда пациенты задают такие вопросы, нужно сразу делать успокоительный укол. Чтобы ему было легче, а вам не пришлось бы отвечать на его глупые вопросы.

— Он хотел поговорить, — задумчиво сказала Суржикова, — может, последний раз в жизни. Он просто хотел со мной поговорить.

— Что ему ввели ночью, — спросил Федор Николаевич, — какую дозу?

— Две по сто, — сообщила Людмила Гавриловна. — Там дежурила Клавдия Антоновна, а она лучше других чувствует состояние больных. Она вколола ему сразу две ампулы. Боюсь, что в следующий раз мы его просто потеряем.

— Оформляйте перевод Бажича в реанимационную палату, — разрешил Степанцев, — только перевезите его туда, когда он будет спать. Для него переезд на второй этаж тоже станет стрессом.

— Мишенин останется один. Может, подселить к нему Угрюмова? — предложил Мирзоян.

— Ни в коем случае. Мишенин бывший член совета директоров, он не сможет находиться в одной палате с Угрюмовым. Захотят смотреть разные программы по телевизору, у них разные интересы. К тому же Угрюмов все равно курит, невзирая на запреты. А Мишенину сейчас такая встряска категорически противопоказана. Когда им делали последний раз анализы?

– На прошлой неделе, – сообщила Суржикова. – У Угрюмова наблюдаются характерные изменения последней стадии. Скоро он уже не сможет подниматься с кровати. Мишенину лучше. Мы смогли несколько заблокировать процесс, но нам всем понятно, что с такой почкой он проживет не больше двух-трех месяцев.

– У нас на следующей неделе будут два пациента из Москвы, – сообщил Степанцев. – Один – бывший спортсмен, велосипедист. Чемпион и все прочее. Онкология паха. Неоперабельная, в последней стадии. Такое вот профессиональное заболевание. Еще один – артист. Ему шестьдесят восемь. У него поражены легкие. Сразу оба. Говорит, что раньше курил по три пачки в день. Сейчас бросил, но уже поздно. На них оформляют документы через наш попечительский совет.

– Актера можно поместить к Мишенину, а спортсмена к Угрюмову, – предложил Мирзоян.

– Если Угрюмов дотянет до следующей недели, – вставила Суржикова, – я думаю, что его тоже будем переводить в реанимацию. Состояние у него крайне тяжелое.

– Как остальные?

– Состояние Шаблинской стабильное. Пока процессы протекают не так, как раньше. Возможно, удастся несколько затормозить распространение метастазов, но не более чем на четыре месяца. У Тамары Рудольфовны состояние опять ухудшилось. Завтра забираем ее на очередное переливание крови. Самые быстрые процессы у Кравчук. Там изменения фиксируются буквально каждый день. Она отказывается выходить из палаты, принимать родственников. Только врачей и свою подругу Витицкую.

– Как себя чувствует Витицкая?

– Вчера опять сорвалась. Но, конечно, не так, как после того, как она побывала в городе. Сделали укол. Сейчас все еще спит, – доложила Суржикова, – она самый нервный пациент из всех, кто у нас находится. Сказывается ежедневное общение с Кравчук.

– Не понимаю, как это может сказываться, – подала голос Светлана Тимофеевна, – они все примерно в одинаковом состоянии.

– Нет, – возразила Людмила Гавриловна, – там все гораздо хуже. Изменения у других больных имеют внутренний характер и не столь заметны. Внешний вид, разумеется, меняется, но не так стремительно, как растут раковые клетки, которые могут увидеть только врачи. А рак кожи... Она фиксирует все изменения на лице своей соседки и представляет, что именно происходит в ее организме. Отсюда почти ежедневные срывы.

— Может, их развести по разным палатам? — предложил Федор Николаевич.

— Уже нельзя, — возразил Сурен Арамович, — они поддерживают друг друга. Если сейчас разлучить их, у обеих начнется глубочайший стресс, из которого мы их потом не сможем вывести. Я бы не советовал этого делать, хотя поведение Кравчук и ее внешний вид очень сильно влияют на Витицкую. Но все равно так лучше.

— Да, — согласилась Суржикова, — я бы тоже не стала разлучать их.

— Дальше, — потребовал Степанцев.

— Ярушкина чувствует себя нормально. Анализы неплохие. Желтович тоже пока не вызывает особых опасений. Ее только нужно убрать из палаты Тамары Рудольфовны, они слишком несовместимые люди. Мишенин тоже просил об этом. Он иногда к ней заходит, разговаривает, пытается ее поддержать. Она ведь очень страдает из-за того, что ее внучка только водителя мужа сюда присылает, а сама не ездит.

— Не будем обсуждать здесь супругу вице-губернатора, – ядовито попросила Светлана Тимофеевна.

– Я не супругу обсуждаю, а внучку нашей пациентки, – пояснила Людмила Гавриловна, – и считаю, что она ведет себя неправильно.

Клинкевич хотела что-то сказать, но Степанцев быстро перебил ее:

– Значит, нужно убрать Желтович в другую палату.

– Да, они слишком разные люди, – согласилась Суржикова.

– Назовите мне того, кто совпадает с Тамарой Рудольфовной, – проворчал Степанцев, – и я сам пойду переселять этого человека к ней. Переведите Желтович в другую палату. Я говорил с нашими попечителями; возможно, уже в следующем месяце мы сможем оборудовать видеокамерами все помещения. Тогда можно будет оставлять пациентов по одному. А заодно дежурный врач сможет следить и за состоянием остальных пациентов в реанимационных палатах. Но проект этот довольно дорогой, стоит около шестидесяти тысяч долларов. Мне обещали выделить эти деньги. Но пока это только слова.

Он обвел взглядом всех собравшихся.

– Спасибо всем. Можете расходиться.

– У меня к вам только один вопрос, – неожиданно сказала Клинкевич. – Мы хотели бы знать, чем будут заниматься наши гости, прибывшие из Башкирии. Или это совсем другие люди? Может, они вообще не врачи и им нельзя находиться в стенах нашего хосписа – ведь по нашим правилам посторонних сюда пускать нельзя.

Все смотрели на главного врача.

– Светлана Тимофеевна, – ответил он, явно сдерживаясь, – пока в этом хосписе я главный врач и отвечаю за порядок во вверенном мне учреждении. Эти двое – наши гости. Они не врачи, о чем вы прекрасно знаете. Один из них психолог. Ему важно понять атмосферу в нашем хосписе, если хотите, почувствовать обстановку. Поэтому он должен переговорить не только с нашими сотрудниками, но и с пациентами. Что касается ваших опасений, то они беспочвенны, никого из чужих мы в наш хоспис не пускаем. Так что нам до сих пор неизвестно, каким образом журналистка, написавшая обо мне такую нелепую и оскорбительную статью, могла узнать о некоторых подробностях жизни в нашем хосписе. Ведь запрет существует до сих пор.

Намек был более чем прозрачный. Светлана

6-4598

Тимофеевна покраснела, на ее верхней губе появилась испарина. Но она сдерживалась, не решаясь, что-либо возразить.

– Всем спасибо, – снова сказал Степанцев, – Сурен Арамович, в первую очередь займитесь документами. Когда приедут родственники Идрисовой, им будет не до этих бумажек.

Все присутствующие вышли из кабинета. Дронго и Вейдеманис остались сидеть в конце стола. Степанцев посмотрел на них и невесело усмехнулся.

– Вот так каждый день, – сказал он, – каждый день. Я распорядился, чтобы вам выделили для работы кабинет нашего завхоза. А все остальное вы слышали сами.

– Да, – сказал Дронго, – я все слышал. Я начинаю думать, что Бог все-таки есть, если он решил, что в нашем мире нужна такая профессия, как ваша.

Глава 11

Они спутились вниз. Первой палатой, в которую решил заглянуть Дронго, была палата Шаблинской и Ярушкиной. Но перед этим он хотел увидеть журнал завхоза.

Евсеев оказался могучим человеком без

шеи, с длинными, чуть ли не до колен, руками. Раньше он профессионально занимался борьбой. Завхоз открыл дверь в свой кабинет и достал журнал для посетителей. Показал соответствующие записи.

— Вас интересуют все посетители за последнее время или только прибывшие в какой-то конкретный день? — спросил Евсеев.

— Только в тот день, когда умерла Боровкова, — ответил Дронго. — Но я бы вообще хотел посмотреть ваш журнал.

— Конечно, — согласился Евсеев, — можете посмотреть. Вот записи за тот день. У нас тогда было только три посетителя. Приезжал Георгий Берулава, водитель мужа внучки Кристины Желтович. Утром приезжал Игорь Витицкий, двоюродный брат Витицкой, который забрал ее в город с разрешения главного врача и потом привез обратно. И в четвертом часу вечера приезжал родственник Шаблинской, сын ее двоюродной сестры. Он привез какие-то документы. Вот, собственно, и все. Мы не регистрируем здесь водителей, которые имеют право въезжать на территорию хосписа. Тех, кто приезжает за нашими сотрудниками. Только одна машина обычно заезжает к нам на территорию, это машина супруга Светланы Тимофеевны.

Но он никуда не отлучается, даже не выходит из салона, словно боится заразиться. И выходит только для того, чтобы открыть дверь Светлане Тимофеевне. Больше никого не бывает.

— Спасибо, — кивнул Дронго. — Когда у вас обед?

— В час дня. Куда вы хотите пойти? Федор Николаевич приказал мне сопровождать вас и помогать.

— Сначала в палату к Шаблинской.

— Она сейчас одна, — взглянул на часы Евсеев, — Ярушкина на процедуре. Вернется минут через сорок.

— Очень хорошо, — кивнул Дронго, — я как раз собирался навестить вашу бывшую приму, когда она будет одна.

Вместе с Эдгаром они вышли из кабинета завхоза. Тот показал им на палату Шаблинской и Ярушкиной. Дронго обернулся к своему другу:

— Будет лучше, если я пойду один. И вам со мной не нужно ходить, — попросил он завхоза.

Постучавшись, он дождался разрешения и вошел в палату. Шаблинская лежала на кровати. Увидев незнакомца в белом халате, она сразу поднялась.

— Извините, но я думала, что это наш

врач, – сказала она, – я должна причесаться и привести себя в порядок.

– В таком случае я выйду и подожду за дверью, – предложил Дронго.

– Обожаю понимающих мужчин, – улыбнулась Шаблинская.

Он снова вышел в коридор. Увидел проходившего мимо Мишенина. Тот был чисто выбрит и в спортивном костюме. Его вообще можно было принять за отдыхающего бизнесмена, если бы не тяжелые мешки под глазами, указывающие на болезнь почек. У него были светлые глаза и густые волосы – красивая шевелюра, на которой болезнь пока не сказывалась. Увидев Дронго, он понимающе улыбнулся.

– Она, наверно, выставила вас за дверь, чтобы причесаться, все-таки она молодец. Даже в своем возрасте держит форму.

– Именно так она и сказала, – ответил Дронго. – А вы видели ее выступление на сцене?

– Нет, – вздохнул Мишенин, – никогда не видел, но слышал. Говорят, что она всегда была примером элегантности и вкуса. Впрочем, она и здесь осталась такой. Можно только восхищаться женщиной, которая так мужественно держится.

– Я слышал, что вашего соседа переводят на второй этаж, – сказал Дронго.

– Очень жаль. Он хороший парень. Так обидно, когда это случается с молодыми людьми...

– Мне кажется, что вообще обидно, когда человек болеет.

– Да, – невесело согласился Мишенин, – вы правы. Но в моем положении можно хотя бы утешить себя, что средний возраст мужчин в нашей стране как раз пятьдесят девять лет. Вот мне недавно пятьдесят девять и исполнилось. Значит, я попадаю в статистическую закономерность. Смешно?

– Не очень.

– Я тоже думаю, что не очень. Но, похоже, моя оставшаяся почка решила перенять все худшие качества уже удаленной. Говорят, иногда такое случается. Вот со мной и случилось. Извините, мне кажется, она зовет вас.

– Можно, я потом зайду к вам?

– Конечно, можно. Мне будет приятно поговорить с образованным человеком. Вы ведь врач?

– Психолог.

– Тогда тем более.

Дронго вошел в палату. Шаблинская успела

переодеться, причесаться, даже понадвела макияж. Воистину эта женщина вызывала уважение. Хотя здесь каждый, кто держался изо всех сил, сохраняя человеческое достоинство и выдержку, заслуживал огромного уважения.

— Входите, — пригласила она его, царственным жестом показывая на стул, стоявший перед ней, — я еще вчера знала, что вы зайдете ко мне сегодня. И оценила ваш мужской жест настоящего джентльмена. Вы ведь не врач, это правда?

— Почему вы так решили? — спросил он, присаживаясь на стул.

— Врачи страдают одним недостатком. Они, с одной стороны, лечат, а с другой — слишком профессионально относятся к своим обязанностям. Притупляется чувство боли за другого человека, чувство сострадания. Не потому, что они не способны на страдание, отнюдь. Просто они хорошо понимают наши болячки и относятся к ним с профессиональным спокойствием. Было бы нелогично, если бы каждый из них умирал вместе с нами. Это как священник, который плачет на исповеди своего прихожанина, вместо того чтобы отпустить ему грехи. Врач никогда бы не поцеловал мне руку. А вы поцеловали. Кто вы?

– Я психолог, – ответил Дронго.

– Примерно так я и подумала. С точки зрения психологии очень эффектный и впечатляющий жест. Вы сразу завоевали не только мое сердце, но и симпатии всех остальных женщин нашего хосписа. О вашем поступке уже все знают.

– Я на подобное даже не рассчитывал. Хотелось выразить вам мое восхищение.

– Не подлизывайтесь, иначе перегнете палку. Итак, вы психолог, который прибыл в наш хоспис, чтобы поговорить с больными. Хотя нас здесь называют пациентами. Пусть будут пациенты. Что вас интересует?

– Прежде всего сама обстановка в вашем учреждении. Отношения между людьми, отношения боль... пациентов с врачами, – поправился Дронго.

– Не знаю, что вам сказать. Это самый элитарный хоспис, который только может существовать в нашей стране. Здесь великолепные условия, недалеко протекает речка. Если бы среди наших мужчин были рыболовы, они не упустили бы такой момент. Но рыба, похоже, интересует их только в жареном виде. Вы видели, какой сад разбили за домом? Это творение рук супруги нашего главного врача. Прекрасно кормят, у каждого своя индивидуальная диета. Хотя мне об этом лучше не говорить. Я уже давно сижу на каких-то кашицах или кипяченой воде. Мне почти ничего нельзя есть. Даже смешно. Всю свою жизнь я сидела на диетах, пытаясь сохранить фигуру, а когда могу позволить себе все, что угодно, именно в это время мне уже ничего нельзя есть. Наверно, так и должно было случиться. Я слишком серьезно относилась к своей фигуре и не очень серьезно относилась к своему здоровью.

– Вы по-прежнему в хорошей форме.

– Не нужно. В хорошей форме сюда не попадают. Вот Казимира Желтович у нас в хорошей форме. Ей уже столько лет, что ее рак вообще не развивается, и она, возможно, переживет всех нынешних пациентов. А мой диагноз мне хорошо известен. Я только буду просить врачей не позволять никому меня видеть в тот момент, когда я потеряю сознание от боли и превращусь в мечущийся комок человеческой плоти. Главный врач обещал мне. Я хочу уйти, оставив после себя легенду, если хотите.

– Я думаю, вы уже оставили след в нашем искусстве.

– След оставила Галина Уланова. Я ведь начинала еще тогда, когда она выступала. Или

Майя Плисецкая. Она старше меня, но сумела сохранить удивительную форму. И знаете, за счет чего? Мне кажется, что все эти годы ее поддерживало удивительное отношение ее мужа к ней. Такое бережное и трепетное одновременно. Мы ведь все не ангелы, но ей действительно можно позавидовать. Вы знаете, я еще никому об этом не говорила. Я ведь заканчиваю свои мемуары. Вернее, уже закончила, и теперь мне привозят рукопись по частям на последнюю правку. Я надеюсь, что смогу закончить эту работу еще до того, как меня переведут на второй этаж. Мне очень важно закончить мою книгу мемуаров. Я старалась писать ее честно. Но издавать книгу будут только после моей смерти. Я так решила...

— Наверно, будет интересная книга, — вежливо согласился Дронго.

— Давайте поговорим о том, что именно вас интересует. А то я слишком разговорилась — все о себе и о себе.

— У вас недавно умерла одна из ваших пациенток.

— Санубар Идрисова. Она умерла сегодня ночью.

— Нет, я не про нее. До нее умерла Генриетта Андреевна Боровкова.

— Ах, о ней. Действительно, выдающаяся женщина. Редкая мегера, которая умудрялась даже в хосписе портить нервы всем окружающим — от главного врача до нашего сторожа.

— Неужели все было настолько серьезно и ее так не любили?

— Боюсь, что попросту ненавидели. Она всех доставала своим несносным характером. Есть люди, которым просто противопоказано человеческое общежитие. Ее нужно было отправить на необитаемый остров, где она умудрилась бы поругаться с черепахами или рыбами.

— Такой плохой характер?

— Ужасный. Но потом она быстро отходила, переживала, страдала. Сначала обижала людей, а потом из-за этого нервничала. Есть такие странные характеры. Но умерла, как праведница, во сне. Говорят, что даже не мучилась. Ее перевели на второй этаж, хотя она чувствовала себя довольно хорошо. Но, наверно, стресс был сильным. К тому же она оставалась в палате с другой местной «достопримечательностью» — нашим Героем, Тамарой Забелло. Двум лидерам ужиться в одной палате было невозможно. Наверно, она понервничала, ее отправили наверх, а это вызвало стресс, и сердце не выдержало. Умерла во сне.

— А может, ей помогли?

— В каком смысле? Вы хотите сказать, что ее могли убить? Нет. Только не это. Тамара Рудольфовна никогда бы на такое не пошла, посчитала бы ниже своего достоинства. Желтович вообще руки ни на кого поднять не может, Ярушкина слишком интеллектуальна для подобных упражнений. Кравчук не выходит из своей палаты уже давно, не хочет показываться на людях. Остается Витицкая, но она меньше остальных общалась с умершей. Нет, среди наших женщин таких врагов у нее не было, это точно.

— А среди мужчин? Говорят, что она публично оскорбляла Угрюмова...

— Да, я была свидетелем этой безобразной сцены. Но вы знаете хотя бы одного мужчину в мире, который в ответ на оскорбление женщины решил бы убить ее, если это не его жена или любовница? Они смертельно обижаются только на своих близких, считая, что те, безусловно, должны ценить их мужские и человеческие качества. А остальные женщины их вообще не интересуют, даже если они будут материться как мужики. Извините меня за эти слова. Возможно, я не права. Угрюмов просто ушел из столовой. Он бы не пошел убивать ее из-за каких-то дурацких замечаний. Она ему сказала, что нужно было меньше пить. В общем, правильно сказала. Но он, конечно, обиделся. Хотя потом она извинилась, и об этом все знают.

— Публично?

— Нет. Пошла к нему и извинилась. Но это абсолютно точные сведения. Моя соседка слышала их разговор.

— А другие двое мужчин?

— Мишенин умница, интеллектуал. Он понимал, как сложно здесь приходится Генриетте Андреевне, и всегда поддерживал ее. А Радомира уже давно вообще ничего не интересует. Нет, наши мужчины на подобное тоже не способны.

— Я только хотел узнать ваше мнение, — сказал Дронго.

— Не знаю, какой вы психолог, но вопросы у вас как у опытного следователя. На вашем месте я бы не искала преступника среди пациентов хосписа. Мы все почти в одинаковом положении и сейчас меньше думаем о наших обидах, чем о своих болячках. Лучше обратите внимание на наш персонал. Возможно, вы уже поняли, что между нашим главным врачом и его заместительницей идет настоящая война и они пытаются переманить на свою сторону персонал. Пока возможности Степанцева больше, но он постепенно слабеет, и заместитель пытается постепенно отбирать у него власть. Шажок за шажком. Чем все это закончится, никто пока не знает, но война идет нешуточная.

— Об этом я слышал.

— Тогда можете сделать вывод сами. Если у нас произойдет какое-нибудь ЧП, то главного сразу снимут. И на его место назначат Светлану Тимофеевну, в этом вы можете не сомневаться.

— Я могу узнать, чем вы занимались в тот вечер?

— Смотрели телевизор вместе с Еленой Геннадьевной. Была очень интересная передача о нашем балете. Вы можете мне не поверить, но среди звезд прошлых лет назвали и мою фамилию.

— Почему не поверю? Это нормально. Вы — народная артистка, известная прима одного из лучших театров мира. Кого называть, если не вас!

— Вы милый и обаятельный человек, — растрогалась Шаблинская. — Передача была просто чудесная. Но почему-то ее показывали в третьем часу ночи. Наверно, как раз для тех, кто не спит по ночам, как мы. Это немного обидно. Молодые не будут садиться в три часа ночи перед телевизором, чтобы узнать о звездах балета прошлых лет. Но нам с Еленой Геннадьевной было очень интересно.

– Представляю, как вам было приятно.

– Там еще рассказывали о руководителе нашего театра. Нынешнем руководителе. Он всемирно известный дирижер. Жаль, что мы с ним не были знакомы, когда я там выступала. Но тогда он был просто мальчиком.

– А сейчас хотели бы познакомиться? – улыбнулся Дронго.

– Ну это как мечта. Недостижимая звезда с неба... Передача была очень хорошей, теплой и человечной. Мы легли спать, как только она закончилась.

– И ничего не слышали?

– Нет. Зиночка бегала по палатам. Клавдия Антоновна, как настоящий римский цензор, два раза монументально появлялась в нашей палате и требовала, чтобы мы наконец заснули и выключили телевизор. Угрюмов ходил по коридору, мы его слышали, даже чувствовали. Он курит на кухне, и в коридоре все равно чувствуется этот запах. И курит такие дешевые сигареты. Я курила всегда очень дорогие. К сожалению, пришлось бросить восемь лет назад.

— И правильно сделали.

— Ясно. Вы никогда не курили?

— Нет. Даже не пробовал.

— Мне вас жалко, — безапелляционно заявила Шаблинская, — в этом мире нужно все попробовать. Лучше сделать и пожалеть, что сделал, чем не сделать и жалеть, что не сделал. Я всегда руководствовалась этим принципом. Хотя, наверно, это глупая поза. Все мы, курильщики, попали сюда с такими диагнозами, а вы по другую сторону. Дай вам бог здоровья, вы правильно делали, что не злоупотребляли этой гадостью. А алкоголь, наркотики, азартные игры? Неужели никаких страстей?

— Были, — улыбнулся Дронго, — страсти были большие. Но алкоголем я не увлекался, наркотики тоже не пробовал, к азартным играм равнодушен.

— Вы просто ангел, а не человек, — всплеснула она руками. — А женщины? Неужели и к ним вы равнодушны?

— Это мой недостаток, — признался он, — более чем неравнодушен.

— Слава богу, — прижала она руки к груди, — а то я могла подумать, что уже умерла и нахожусь в чистилище перед ангелами. Встретить мужчину, который весь состоит из положительных качеств... Нам нужно было познакомиться гораздо раньше.

— Я тоже начинаю жалеть, что не был знаком с вами в другое время и в другом месте.

— Да, — согласилась она, — из нас получилась бы хорошая пара. Хотя по возрасту вы годитесь мне в сыновья. Можно, я задам вам один очень неприличный вопрос?

— Можно, — кивнул он, улыбнувшись.

— Только честно.

— Максимально честно.

— Когда вам было двадцать или тридцать лет, у вас была женщина, которая была бы намного старше вас? Только откровенно, как обещали.

— У меня были женщины, которые были старше меня, — признался он с некоторым смущением, — хотя были и такие, которым я казался слишком старым.

— Вот видите, — победно сказала она, — я сразу почувствовала в вас человека с хорошим вкусом. Все зависит от образования и прожитой жизни. От опыта общения, если хотите. Если у вас были подруги старше вас, то они могли многому вас научить. Ведь мужчина на самом деле до сорока лет всего лишь неопытный щенок. А женщина по-настоящему чувствует после тридцати. Но, уверяю вас, что по-настоящему женщина раскрепощается после сорока, когда уже ничего не страшно. Когда все позади и вы можете наслаждаться жизнью, уже не опасаясь ненужных осложнений, случайной беременности или непонимания с партнером.

– Да, – улыбнулся он, – похоже, вы правы. Но для того чтобы понять вашу правоту, нужно прожить первые сорок или пятьдесят лет. В молодости всего этого просто не понимаешь, а любовь даже сорокалетних кажется старческим безумием.

– Удачи вам, – пожелала Шаблинская, – и если сможете, заходите еще. Я с удовольствием с вами побеседую.

– Договорились, – кивнул Дронго, – я все равно хотел зайти и переговорить с вашей соседкой. До свидания.

Она протянула ему руку. И он снова ее поцеловал.

– Этот жест может оказаться «холостым», – заметила она, – здесь никого нет, и никто не узнает о вашей галантности. Разве только если вы делаете это для меня или для себя.

– Я это делаю для себя, – искренне ответил он и откланялся.

Глава 12

В коридоре он едва не столкнулся с молодой женщиной, которая вышла из соседней палаты. Она была без белого халата, в джинсах и темном пуловере. Симпатичная запоминающаяся внешность, характерные скулы, тонкие губы, волосы, разметавшиеся по плечам. Только лихорадочно блестевшие голубые глаза выдавали ее состояние. Она взглянула на Дронго. Он вежливо поздоровался.

— Вы новый врач? — спросила она, — хотя нет. Вы, наверно, тот самый приезжий из Башкирии. Правильно?

— Да, я приехал к вам оттуда, — кивнул он, — а вы, наверно, Эльза Витицкая.

— Удивляюсь, как поставлена у нас информация, — пробормотала она, — но вы не ошиблись. Хотя я спала весь вчерашний вечер и сегодняшнюю ночь и не могла знать, что у нас происходит. Говорят, что собаки выли ночью еще раз.

— Да, — сдержанно подтвердил Дронго, — в реанимационной палате скончалась одна из пациенток вашего хосписа.

— Санубар Идрисова, — она не спрашивала,

это было утверждение. Здесь все знали, кто и когда должен уходить.

– Да, именно она, – кивнул Дронго. – Вы ее хорошо знали?

– Нет, почти не знала. Извините, я иду за минеральной водой для моей соседки.

– Как она себя чувствует? – спросил он.

– А как может чувствовать себя женщина, дочь которой должна выйти замуж, а она не может даже обнять ее и порадоваться за свою дочь? – зло спросила Витицкая. – Не задавайте дурацких вопросов. Она чувствует себя очень плохо. Воет, как собака, по ночам в подушку. Вы удовлетворены?

Она едва не толкнула его, проходя мимо. И он сделал то, чего не делал никогда раньше в жизни, – схватил молодую женщину и прижал ее к стене.

– В меня несколько раз стреляли, и я выжил только чудом. А вообще за свою жизнь я попадал в столько переделок, что имею право спрашивать у любого и про его жизнь, и про его смерть, – прошипел он ей в лицо.

– Пустите, – испуганно сказала она, – вы делаете мне больно.

– Извините, – он отпустил ее, пытаясь успокоиться, – я просто не выдержал.

– Это вы меня извините, – попросила она, – я после вчерашнего укола все еще не пришла в себя. У меня голова кружится. Разрешите, я пройду.

Он посторонился, и она прошла. Дронго проводил ее долгим взглядом, затем решительно направился к кабинету завхоза, где его ждали Евсеев и Вейдеманис.

– Когда за Витицкой приезжал ее брат, у нее случился очередной срыв, – сказал Дронго. – Я хочу точно знать, делали ли ей в тот вечер успокоительный укол. У вас наверняка делают записи о введенных пациентам препаратах. Мне это нужно знать точно.

– Я сейчас уточню, – быстро сказал Евсеев и вышел из кабинета.

– Что-нибудь выяснил? – уточнил Вейдеманис, когда они остались одни.

– Судя по словам Шаблинской, погибшую все не любили. Но она категорически утверждает, что никто из пациентов не мог совершить подобного преступления. Ни женщины, ни мужчины. Самое интересное, что, когда я вышел из палаты, сразу наткнулся на Витицкую. У нее поразительная реакция на успокоительные уколы – она становится еще более агрессивной. Когда Степанцев рассказывал о больных, он как-то пропустил Витицкую. Возможно, мы просто не понимаем ее реакцию на происходящие события.

— Здесь любой мог сорваться, — сказал Эдгар, — это место, где может произойти все, что угодно. И невозможно даже обижаться на этих людей, в таком жутком состоянии они находятся.

— Зато я сорвался, — признался Дронго, — уже на второй день. Даже не представляю, что будет дальше. Я чуть не покалечил Витицкую. Невозможно выносить все это без внутреннего ожесточения. В таких случаях обижаешься на всех. На самого себя, за то, что такой здоровый и сильный, за судьбу, которая так страшно посмеялась над этими людьми, на случай, который привел сюда одних и спас других, на врачей, которые делают вид, что это их обычная работа... Словом, на весь мир. Становишься богохульником и дикарем.

— Тебе нужно успокоиться, — посоветовал Вейдеманис, — и, может, тоже принять какое-нибудь лекарство.

— Там, в соседней палате, находится женщина, у которой рак кожи, — выдохнул Дронго, — это Антонина Кравчук. Ее старшая дочь выходит замуж, она не может даже обнять ее, поздравить, пожелать счастья. Тогда я спрашиваю себя: чего стоит вся наша цивилизация, если в ней возможны подобные трагедии? И как мы можем им противостоять? Я могу найти любого ублюдка, вычислить самого хитроумного преступника, обезвредить маньяка. Но я не могу помочь несчастной женщине, которая умирает здесь в одиночку и не может даже обнять своих девочек.

— Ты не сможешь помочь всем. Это хоспис для тяжелобольных, — напомнил Эдгар. — Если хочешь, мы закончим наше расследование и уедем. Я чувствую, как ты меняешься, едва попадаешь сюда.

— Да, — кивнул Дронго, — мне никогда не было так плохо. Я не могу примириться со столь очевидной несправедливостью по отношению к этим людям, даже если это несправедливость судьбы, а не обстоятельств, возникших по вине конкретных людей.

Вернулся Евсеев.

— У нее был очередной срыв накануне того дня, когда умерла Боровкова. За ней приезжал брат, как и указано в нашем журнале. Вернулись они ближе к ужину, и у нее случился очередной приступ. Только я не понимаю этой связи.

— Мне было просто важно уточнить именно этот момент. Я сейчас пойду к Мишенину, а когда вернется Ярушкина, пригласите ее к вам в кабинет. Я бы не хотел разговаривать с ней в присутствии Шаблинской. Вы меня понимаете?

— Сделаю, — кивнул Евсеев, — можете не беспокоиться.

Дронго вышел из кабинета, прошел в другой конец коридора. Постучался.

— Войдите! — крикнул Мишенин. Он сидел на кровати, читая какой-то журнал. При появлении гостя он поднялся. Радомир лежал на соседней кровати, накрытый одеялом. Очевидно, он спал и даже не пошевелился при появлении гостя. Мишенин был в своем спортивном костюме. Он показал на свободный стул.

— Радомир спит, — пояснил Мишенин, — его увезут наверх сразу после обеда. Возможно, он еще раз сумеет прийти в себя. А возможно, уже и нет. Я даже не знаю, что для него будет лучше. Вот так уснуть навсегда — или еще раз проснуться и осознать весь ужас своего положения.

Дронго взглянул в сторону спящего молодого человека.

– Не знаю, – грустно признался он, – я не знаю, что лучше.

– У вас ко мне какое-то конкретное дело? – спросил Мишенин, чуть поморщившись. Очевидно, боли в почке с каждым днем усиливались.

– Хотел уточнить некоторые подробности, – признался Дронго, – у вас недавно скончалась Генриетта Андреевна Боровкова.

– Ах, вы об этом. Тогда понятно. Нашумевшая история. Наш главврач считал, что ее убили, а его заместитель пробила статью в газете, чтобы замазать наш хоспис. Обычная свара между чиновниками.

– А если ее действительно убили?

– В нашем хосписе? – спросил Мишенин, не скрывая иронии. – Кому она мешала? Это была выжившая из ума старуха, которая умудрилась поругаться со всеми.

– Если со всеми, то, значит, ее ненавидели многие, – возразил Дронго.

– Ее просто не любили, – отмахнулся Мишенин, – но убивать... У нас не такие пациенты. Каждый думает только о своих проблемах. И все понимают, что им осталось не так уж много дней.

– Я могу задать вам личный вопрос?

– Валяйте. У меня уже нет ничего личного. Все осталось в прежней жизни.

– Разве вас нельзя было вылечить? Мне сказали, что первую почку вам удаляли где-то за рубежом. Вы ведь были членом совета директоров крупной компании. Может, вы рано решили сдаться?

– А я не сдавался, – ответил Мишенин, – просто после первой операции в Лондоне меня убеждали, что все прошло нормально и я могу вернуться к прежней жизни – правда, с некоторыми предосторожностями. А оказалось... Моя первая операция стоила двести сорок тысяч долларов. Вторая могла стоить недешевле. Но вторую почку мне удалять просто нельзя. Люди могут жить без аппендикса или даже без желчного пузыря, могут существовать, как и я, с одной почкой. Но без двух почек просто невозможно. Тогда поставили вопрос о замене моей почки на донорскую. Мне объяснили, что такая операция обойдется как минимум в полмиллиона долларов и гарантии нет совсем. Ни одного процента. Возможно, пока будут искать донора, я вообще отдам концы. Тогда зачем тратить такие деньги на бесперспективную операцию? К тому же в прошлом году в нашей компании возникли большие проблемы – впрочем, как и у всех остальных. Кризис ударил в самое неподходящее время. Все, как обычно. Я подумал, что будет правильно, если все мои деньги останутся в семье, жене и дочери. А сам переехал сюда. Мне не на что было рассчитывать, врачи вынесли свой приговор. Хорошо еще, что моя бывшая компания оказалась в состоянии определить меня сюда. Вот такая невеселая история.

– Какой-то процент надежды есть всегда, – задумчиво произнес Дронго.

– У меня он слишком маленький, – ответил Мишенин, – слишком иллюзорный, чтобы стараться. Хотя, наверно, вы правы. Надежда умирает последней. Но только не в моем случае.

– Вы хорошо знали Боровкову?

– Неплохо. Во всяком случае, познакомился с ней достаточно близко. Конечно, она была не из приятных собеседниц, но кто в ее возрасте и положении бывает приятным?

– Мне рассказывали, что она публично оскорбила Угрюмова.

– Да, я слышал об этом. Но она многих задевала таким образом. Это еще не основание для того, чтобы ее убить.

– С женщинами она тоже не ладила.

– Ее перевели в палату к «царице Тамаре», – усмехнулся Мишенин, – это была гениальная идея нашего заместителя главного врача. Она думала, что они давние знакомые, хорошо уживутся друг с другом. Так в итоге мы все время только и слышали, что их ор. А потом Боровкову определили наверх, и на этом все закончилось. Я думаю, что Тамара Рудольфовна доведет до инфаркта и свою новую соседку, которая просто плачет от нее.

– Вы имеете в виду Желтович? Насколько я слышал, их скоро разместят в разных палатах.

– Значит, мы продлим существование Казимиры Станиславовны еще на несколько месяцев, – улыбнулся Мишенин, – и они с Ярушкиной побьют все рекорды пребывания в этом хосписе. Я иногда захожу к Желтович, она очень интересный человек, многое помнит, много читала. Вы знаете, сколько генералов было в ее семье? Даже трудно сосчитать. В общем, им с Ярушкиной повезло.

– Разве это плохо?

– Для обеих, наверно, хорошо. Здесь им даже лучше, чем дома. Тепло, сытно, вокруг люди, врачи. Если и уходить, то в такой уютной, почти домашней обстановке. Между прочим, я вспомнил. В ночь смерти Боровковой я видел в коридоре Угрюмова. Он опять курил в столовой.

— Когда это было?

— Примерно в четыре или пять часов утра. У нас курить запрещено, а он где-то достает сигареты и все равно курит. Полагаю, что ему помогают наши сторожа, больше просто некому. У вас есть еще ко мне вопросы?

— Нет. Извините, что отнял у вас время. Вы останетесь один или решите объединиться с Угрюмовым?

— Только не с ним. Он полностью оправдывает свою фамилию. Неприятный и мрачный тип. Я вообще думаю, что он случайно попал к нам, просто его нефтяная компания раскошелилась. Он явно не вписывается в наш контингент. Но мне обещали, что скоро к нам приедут двое новых пациентов. Один — известный спортсмен, а другой — не менее известный актер. Вот с одним из них меня и поселят. Поэтому один я буду оставаться не так долго.

— У вас новости буквально разносятся по коридору. Ваш главный врач сказал об этом только сегодня.

— И мне сразу же передали. Любая новость, которая может хоть как-то улучшить нам настроение, сразу становится достоянием всех.

У нас такие традиции: радоваться даже небольшим новостям и маленьким успехам.

– Я вас понимаю. Спасибо за то, что нашли для меня время.

– Не за что, – пожал плечами Мишенин.

Дронго вышел из палаты и увидел в коридоре Вейдеманиса.

– Пришла Ярушкина, она ждет тебя в комнате завхоза. Только учти, что у них в час дня будет обед. У тебя мало времени.

– Я помню насчет обеда, – кивнул Дронго.

Ярушкина сидела на стуле в голубом халате и терпеливо ждала. Увидев вошедшего Дронго, она улыбнулась.

– Вчера вы покорили всех наших женщин, – сообщила она.

– Я старался изо всех сил.

– У вас получилось. Такой красивый жест. Все наши говорят только про вас.

– Спасибо. Извините, что я не даю вам отдохнуть сразу после ваших процедур.

– Ничего, – сказала она, – у нас скоро будет обед, и мы все равно должны будем идти в столовую.

– Вы уже давно находитесь здесь?

– Да, можно сказать, что я старожил. Уже

восемь месяцев. Говорят, что так долго здесь никто не задерживался.

– Желаю вам прожить еще столько же.

– Спасибо, но это уже нереально. После того как я осталась совсем одна, то решила, что это место самое подходящее для меня.

– Насколько я знаю, ваш супруг уже давно покинул вас.

– Давно, – согласно кивнула она. – Он был прекрасный человек. Мир его праху. А я жила вместе со своей старшей сестрой. Она умерла в прошлом году, и я решила, что не должна больше никого беспокоить. Собрала вещи и переехала сюда, тем более что у меня к тому времени нашли целую кучу болезней.

– Вы мужественная женщина, – сказал Дронго. – Насколько я слышал, вы раньше были знакомы с Шаблинской.

– Кто не знал Марину Шаблинскую в нашем городе! – всплеснула руками Ярушкина. – Она была звездой, примой, настоящей балериной... Не такой, как нынешние. Ногу нормально поднять не могут, а уже считают себя звездами. Если бы она жила на Западе, то давно была бы миллионершей. Но в наших условиях... Квартиру она оставила кому-то из родственников, а сама переехала сюда, когда врачи поставили ей такой неприятный диагноз. Она прошла уже через две операции и сохраняет такую веру в жизнь, такое мужество, что всем остальным нужно просто у нее поучиться.

— Вы правы. Но, насколько я понял, не все в вашем хосписе проявляют свои лучшие человеческие качества. Некоторые проявляют и худшие.

— О ком вы говорите?

— Например, умершая Боровкова или Тамара Рудольфовна.

— Об умерших нельзя плохо говорить, — напомнила Ярушкина, — но насчет Тамары... У некоторых действительно портится характер, но люди все равно остаются людьми. Может, вы слышали историю, как покойная Генриетта Андреевна накричала на Угрюмова в столовой. Стала упрекать его, что он сам загубил свою жизнь, разрушил печень алкоголизмом. Он встал и ушел, чтобы не спорить с ней. А она потом долго плакала. Понимала, что зря обидела человека. И вы знаете, что она сделала? Пошла к нему в палату и попросила прощения. Я стояла рядом в коридоре и все сама слышала. Она не постеснялась пойти и попросить прощения. Конечно, я сразу об этом всем рассказала. Она была немного взбалмошной женщиной, властной, сильной. Сказывалась ее прежняя работа – столько тысяч мужиков было в ее подчинении! Но на самом деле она была очень тонким, чувствительным человеком. Вы бы видели, как она относилась к Казимире Желтович – ведь она знала еще ее отца, профессора Станислава Желтовича, который был сыном царского сановника. Он был известным архитектором. В Санкт-Петербурге даже есть дом Желтовича. Дом ее деда. Их не посмели тронуть даже в тридцатые годы, когда арестовывали всех, кого только могли. Поэтому я всегда говорю, что нельзя судить о человеке только по его словам. Нужно посмотреть и на его поступки, на его поведение.

– Но с Тамарой Рудольфовной они ругались? Об этом все говорят.

– Конечно, ругались. Две властные женщины в одной палате... Напрасно Светлана Тимофеевна устроила такой эксперимент. Но все же они уважали друг друга, ценили. Честное слово. Ругались, а потом вместе вспоминали своих старых знакомых и друзей. Очень тепло всегда говорили о моем бывшем супруге. Вы, наверно, про него слышали?

– Да, – кивнул он, хотя никогда раньше не

7-4598

слышал о таком министре. Но ему не хотелось ее огорчать.

– Хочу вам сказать, что у нас очень дружный коллектив, – сообщила Ярушкина, – не ищите здесь какого-либо заговора. Мы все знаем, что заместитель главного врача не ладит со своим шефом, но это их личные проблемы. А наши проблемы – достойно прожить до конца и так же достойно уйти.

– Я могу уточнить, чем вы занимались в ту ночь. Спали или...

– Не спали. Мы вместе с моей соседкой смотрели изумительную передачу про наш балет. Какие имена, какие звезды! И вы не поверите, но там упоминали и Марину Шаблинскую. Честное слово, на глазах у моей соседки были слезы гордости. И я тоже заплакала. Это так приятно, когда тебя помнят спустя столько лет!

– Да, – согласился он, – это помогает жить.

– Нам даже сделали замечание, чтобы мы выключили телевизор и соблюдали режим. Но мы все равно досмотрели ее до конца.

– Вы мне очень помогли, – сказал Дронго. – Еще один, последний, вопрос. А Клавдия Антоновна знала, что Боровкова просила прощения у Угрюмова? Или об этом знали только пациенты хосписа?

— Конечно, знала. Я ей сама обо всем рассказала, — удивилась Ярушкина, — и вообще у нас секретов не бывает. Все и всё про каждого знают. Такая у нас общая жизнь. Людей немного, и все на виду.

— Понятно. Идите на обед, иначе вы опоздаете, — взглянул на часы Дронго. — И простите меня еще раз за то, что я вас задержал.

Она поднялась и вышла. Тут же вошел Вейдеманис.

— Странное дело, — сказал Дронго, — вчера Клавдия Антоновна в твоем присутствии рассказала нам о том, как Боровкова оскорбила Угрюмова. Оказывается, об этом знали все. И многие присутствовали в столовой, когда Генриетта Андреевна кричала на Угрюмова. Но все знали, что она потом извинилась. Понимаешь, какой парадокс? Рассказав нам о скандале, она ничего не сказала об извинениях Боровковой. А ведь ей лично говорила об этом Ярушкина. Вот такой непонятный факт. Получается, что она хотела нас уверить, будто пациенты не очень любили умершую. При этом она точно знает, что Боровкова умерла не своей смертью. Слишком много неприятных совпадений.

— Она сегодня ушла после дежурства домой, — напомнил Эдгар.

— Знаю. И я вспомнил ее крепкие руки. Она могла спокойно войти в реанимационную палату и накрыть подушкой несчастную старуху. А потом пройти в другую палату к Идрисовой. Та уже не смогла бы подтвердить или опровергнуть ее алиби. Вот только вопрос — зачем ей это было нужно?

— Что думаешь делать?

— Продолжу знакомство с пациентами хосписа. Может, что-то всплывет. А вечером поедем в Николаевск к этой опытной санитарке. Постараемся узнать, почему она страдает такой странной забывчивостью. И еще нужно найти Зинаиду Вутко. Вчера она поменялась, значит, сегодня должна быть на работе. Нужно прежде всего поговорить с ней, а уже потом с остальными.

— Получается, что умершая была не таким уж и монстром, как хотели ее представить некоторые, — понял Эдгар.

— Вот именно. Поэтому у меня возникает много вопросов, на которые я пока не нахожу ответа. Если тебе нетрудно, поднимись наверх и найди Зинаиду Вутко. Пусть она спустится вниз, в кабинет завхоза.

Глава 13

Он остался один. Такое ощущение, что в этом заведении предельная концентрация человеческих страданий, которую невольно чувствуешь. Вейдеманис выразился точно. Может, правы те, кто обходит это место стороной, утверждая, что несчастье так же заразно, как и счастье? Он закрыл глаза. Дом одиноких сердец. Каждый пытается здесь выжить в одиночку, проявляя немыслимое достоинство и мужество перед путешествием во тьму, которого так боятся все живые существа.

В дверь постучали. Он открыл глаза.

— Войдите! — крикнул Дронго.

В кабинет вошла молодая женщина, которую он вчера видел. Зинаида Вутко. Она была в белом халате, на ногах — мягкие тапочки. Вошедшая немного испуганно смотрела на гостя.

— Здравствуйте, — встал Дронго, — садитесь, пожалуйста. Я хотел с вами переговорить.

— Добрый день. — Женщина села на краешек стула. Было заметно, что она напугана.

— Успокойтесь, — предложил Дронго. — Как ваш ребенок? Как он себя чувствует?

— Спасибо, уже лучше.

— Выздоровел?

— Пока нет, но ему уже лучше. Он, наверно,

простудился, когда играл с мальчишками в футбол. А потом пришел домой и выпил холодной воды.

— Так бывает, — улыбнулся Дронго, — не нужно держать в холодильнике воду. Пусть стоит на столике — ничего страшного, если он выпьет такую воду.

— Да, — согласилась она, — наверно, так лучше.

У нее были темные волосы и светлые глаза.

— Вы дежурили в ту ночь, когда умерла Боровкова? — решил сразу перейти к основной теме Дронго.

— Да, — подтвердила она.

— Ничего странного тогда не произошло? Может, кто-то приходил?

— Нет. Никто. У нас ночью никто не ходит. Асхат запер ворота за Федором Николаевичем, который уехал вместе с Дмитрием. Потом мы закрыли дверь в наше основное здание. На кухне есть другая дверь, ее мы тоже закрыли. Алексей Георгиевич поднялся наверх, в комнату врачей, а мы с Клавдией Антоновной обходили наши палаты по очереди.

— К Боровковой заходили?

— Конечно. Я заходила два раза. Она спокойно спала.

— Может, уже не спала?

— Нет, спала, — возразила Зинаида, — она даже повернулась на бок, когда я входила второй раз.

— Она чутко спала?

— Да. Сразу слышала, когда кто-то входил. У нас все пациенты так спят, если им не дают снотворное или не делают укол.

— И она услышала, как вы вошли в своих тапочках?

Он взглянул на ее мягкие тапочки. Санитарка покраснела, виновато опустила глаза.

— Нам Федор Николаевич разрешает ходить в таких тапочках, чтобы не тревожить больных, — пояснила Зинаида.

— Я тоже ничего не имею против, — быстро сказал Дронго, — но она все равно услышала, как вы вошли. У вас в хосписе не скрипят двери — я обратил внимание, что они все открываются мягко.

— Да. Наш завхоз специально смазывает их, чтобы они не скрипели. Чтобы не тревожить наших пациентов.

— Но она все же проснулась. Когда вы во второй раз заходили к ней, сколько было времени?

– Я не смотрела. Но было уже раннее утро. Может, четыре или половина пятого.

– И вы увидели, как она повернулась на другой бок?

– Ну да. Недовольно посмотрела на меня и повернулась на другой бок. Даже захрапела. Она иногда храпела во сне.

– А потом когда вы заходили? И кто нашел ее утром?

– Сначала мы услышали, как завыли собаки. Все сразу услышали, кто не спал. Клавдия Антоновна тоже услышала. Она ночью у Радомира была, сделала ему два укола. А потом к Идрисовой пошла. Той было совсем плохо, ей нужно было менять капельницу и все время следить за ней. Ну, в этот момент собаки и завыли. И мы сразу побежали в палаты. Вернее, она была у Идрисовой, а Алексей Георгиевич других пациентов смотрел. Никто ведь не думал про Боровкову, она как раз была в самом спокойном состоянии. Но по нашим правилам сначала мы должны проверить реанимационные палаты, где лежат самые тяжелые больные. Я спокойно вошла в палату Боровковой, знала, что она спит. Только мне не понравилось, что она лежит на спине. Я подошла ближе. И лицо ее мне тоже не понравилось. Я стала ее звать, потом дотронулась до нее и поняла, что она не ответит. Я даже пульс ее пощупать успела. Но никакого пульса уже не было. Вот тогда я и выбежала за нашим доктором. Он пришел сразу, тоже пульс пощупал, тело осмотрел и покачал головой. Потом мы ее накрыли одеялом и решили не трогать до утра, чтобы потом отвезти в наш «холодильник».

– Ничего необычного в ее лице вы не заметили?

– Ничего. Умерла так, словно задыхалась от астмы. Но мы знали, от чего она могла умереть, поэтому я не очень приглядывалась. А потом Алексей Георгиевич наказал мне снова обойти все палаты на первом этаже, а сам пошел к Идрисовой, чтобы помочь Клавдии Антоновне.

– Что вы сделали дальше?

– Стала все палаты осматривать, чтобы, не дай бог, ни с кем еще какого-нибудь несчастья не произошло.

– Значит, вы в это время обходили палаты на первом этаже, – удовлетворенно кивнул Дронго. – И кто из пациентов спал?

– Угрюмов не спал. Он даже не лежал, а сидел. Когда я вошла, он так недовольно посмотрел на меня и вдруг сказал: «Опять собачки завыли по чью-то душу». Я просто испугалась и выбежала из палаты.

— В другие палаты вы тоже заходили?

— Конечно. Во второй палате Радомир лежал без движения. Я знала, что ему уколы сделали, но все равно осмотрела его.

— А Мишенин?

— Он лежал спиной ко мне. Я не стала его будить. Потом осмотрела другие палаты. Шаблинская и Ярушкина телевизор смотрели и только-только легли спать. Обе проснулись от воя собак. Обе были недовольны тем, что я их потревожила. Шаблинская даже замечание мне сделала за то, что я вошла, не постучавшись. Но она всегда недовольна, даже если врачи входят без стука.

— Ее можно понять.

— А потом я в другие палаты заглянула. Казимира Станиславовна лежала под одеялом и молчала. Я даже за нее испугалась. Подошла к ней, позвала, но она молчала. Я руку протянула, чтобы ее потрогать, и тогда она глаза открыла. Молча так глаза открыла и на меня посмотрела. Я испугалась и сказала ей, что нужно отзываться, когда ее зовут. Она ничего не ответила, только так грустно улыбнулась. Я убедилась, что с ней все в порядке, и вышла, чтобы посмотреть другую палату. Там Витицкая и Кравчук вместе лежат. Когда я вошла, Антонина сразу одеялом накрылась. Она всегда так делает, если кто-то входит в палату. Боится, что посторонний видит ее лицо. Но когда я назвала ее по имени, она одеяло немного опустила. Меня она уже не стесняется, не боится. Первое время я сама ее боялась. А сейчас нет, уже не боюсь. Я тихо вышла от них и пошла посмотреть последнюю палату, где была Тамара Рудольфовна. Она тоже не спала. Сидела в халате на стуле и что-то писала. Увидела, как я вошла, и недовольно посмотрела на меня. «Кто у нас опять неожиданно ушел на другой свет?» – так прямо и спросила. А я сказала, что не знаю, и поэтому на всякий случай обхожу все палаты. Она опустила голову и снова начала писать. А потом снова на меня взглянула и спросила: «Скажи наконец, кто? Чтобы я знала».

«Генриетта Андреевна», – сообщила я ей. Все равно ведь утром все узнают, что случилось. Она как-то странно посмотрела на меня, потом снова опустила голову и начала писать. Честное слово, ничего не сказала. Какие-то слова ведь говорят обычно в таких случаях, но она молчала. И я вышла из палаты.

– Что было потом?

— Ничего. Я к себе пошла, умылась. Немного посидела, отдохнула. Потом снова на обход пошла. Уже утро было, птицы петь начали.

— И больше ничего не произошло?

— Нет, — ответила она. И все-таки в ее голосе проскользнула некоторая неуверенность. Или недосказанность?

— Зинаида, давайте еще раз, — предложил Дронго, — все, что я у вас спрашиваю, — исключительно важно. Вы должны понимать, что мне просто необходимо все уточнить.

— Я вам все сказала.

— Вы давно знакомы с Клавдией Антоновной? — неожиданно спросил Дронго.

— Уже много лет. Она и моя тетка — соседи. Я ее с детства знаю.

— Очень хорошо. Именно она вас сюда и устроила. Правильно?

— Да, правильно.

— И у вас, наверно, очень хорошие отношения?

— Да, — растерянно кивнула она.

— В таком случае, как вы объясните мне такой непонятный факт, что ваша старая знакомая сразу увидела, что Боровкова умерла не своей смертью, и вам об этом не сообщила?

— Что? — впервые подняла голову Зинаида.

У нее были изумленные глаза. И немного испуганные. Вот этот испуг он сразу и зафиксировал.

– Я говорю, что Генриетту Андреевну убили, и ваша опытная санитарка сразу это поняла. В отличие от вас и молодого врача, который не обратил внимания на очевидные симптомы.

– Как это убили, – не поверила она, – ее же Алексей Георгиевич смотрел. Она больная была, у нее грудь отрезали. И все говорили, что жить ей осталось совсем немного.

– Все правильно. Но тем не менее ее убили. И Клавдия Антоновна скрыла от вас этот факт. Можете объяснить почему?

– Не знаю. Наверно, просто не хотела говорить. Я не знаю.

– Теперь дальше. Многие из ваших пациентов вспоминают, что покойная Боровкова однажды при всех оскорбила Угрюмова. Клавдия Антоновна тоже вспоминала об этом. Только все знают, что Генриетта Андреевна извинялась перед Угрюмовым за свой срыв, а ваша пожилая санитарка об этом мне не сказала ни слова. Более того, мне удалось выяснить, что именно ей об этом рассказала Ярушкина, которая слышала разговор между Боровковой и Угрюмовым.

— Я не знаю, — начала краснеть Зинаида, — я не понимаю... Честное слово, не знаю...

Он внимательно смотрел на нее.

— Почему она не сказала вам ничего? — снова спросил Дронго.

— Она знает, что меня просили... меня просили... — неожиданно созналась Зинаида, — она знает и поэтому не хотела ничего мне говорить. Простите меня.

— Давайте по порядку. Что вас попросили сделать? Убить Боровкову?

— Нет, — даже отшатнулась санитарка, — что вы такое говорите? Я вообще об этом не знаю.

— Тогда о чем вы знаете? — Он намеренно обвинял ее в тяжком преступлении, чтобы она рассказала о других, более легких проступках.

— Меня попросили проследить за ней и за Казимирой Станиславовной, — призналась Зинаида.

— Почему именно за ними?

— Не знаю. Но они иногда встречались, разговаривали. Я слышала, что Генриетта Андреевна знала семью Желтович.

— Мне об этом говорили. Ну и что?

— Меня попросили за ними посмотреть.

— Кто попросил?

— Не знаю. Он всегда на такой большой машине приезжал. Как они называются?..

— Внедорожник?

— Да, — кивнула она, снова опуская голову.

— Кто это был?

— Племянник Казимиры Станиславовны. Он раньше приезжал к ней, несколько раз ее навещал. Я его здесь видела и запомнила. Только он на другой машине сюда приезжал. На «Жигулях»...

— Как его зовут?

— Арвид. Он говорил, что его зовут Арвид.

— Сколько ему лет?

— Молодой. Не больше тридцати.

— О чем он вас просил?

— Просил последить за ними.

— Как последить. Помочь? Подслушать? Как именно последить?

— Смотреть за ними, — пояснила Зинаида, — он и деньги мне давал. Чтобы я ему рассказывала, с кем и когда встречается Казимира Станиславовна. А потом он попросил и за Генриеттой Андреевной тоже посмотреть. Рассказать, с кем она будет встречаться, если к ней будут приезжать.

— Вы рассказывали?

— Да, — вздохнула Зинаида, — только я

больше ничего плохого не делала. И никого не убивала. Честное слово. У меня сын маленький растет, разве я могу его одного оставить? Арвид мне деньги платил. Хорошие деньги. И поэтому я ему все рассказывала.

— Что именно вы ему рассказывали?

— Кто приезжает к его тете. Обычно это был водитель мужа ее внучки. Такой мужчина с усами, кажется, грузин или армянин.

— Берулава, — вспомнил Дронго, — понятно. Что еще?

— Ничего. Я говорила ему, что к Казимире Станиславовне уже давно никто не приезжает, только водитель ее внучки. А к Генриетте Андреевне недавно приезжал какой-то юрист. Нотариус. Я когда сказала об этом, Арвид сразу ругаться стал. Нехорошо ругался. А потом попросил, чтобы я ему сразу позвонила, если нотариус приедет еще раз. Но он больше не приезжал, поэтому я не звонила.

— У вас есть номер его телефона?

— Да, — она достала из кармана записную книжку и прочла номер. Потом испуганно посмотрела на Дронго.

— Но он тоже никого не убивал. Просто переживал за свою родственницу. Его в ту ночь здесь не было. Честное слово, не было.

— Вы могли открыть вторую дверь и впустить его через кухню, — продолжал давить Дронго.

— Нет, не могла. У нас сторож Асхат за всем следит. И его собаки сразу бы чужого почуяли. Нет, здесь никого не было. И в саду у нас камеры есть. Если бы он с другой стороны дома пришел, его бы сразу увидели и Асхат не пустил бы его. Честное слово. Вы можете сами посмотреть.

— Обязательно посмотрю, — кивнул Дронго. — А теперь вспомните, как вы с ним познакомились.

— Он меня у дома ждал. Приехал и сразу говорит, что он родственник Казимиры Станиславовны и очень за нее переживает. Деньги предложил, чтобы я за ней лучше ухаживала. Я отказывалась, не хотела брать деньги, но он настаивал. А потом еще сказал, что очень волнуется за ее здоровье. Ну, я и согласилась.

— Когда вы нашли умершую Генриетту Андреевну, что вы сразу сделали? Позвонили ему?

— Нет, — встрепенулась Зинаида, — я о нем даже не подумала. Сначала позвала Алексея Георгиевича, как и полагается. А только потом, когда вниз спустилась и умылась, подумала, что нужно позвонить ему. И позвонила. Он трубку не сразу взял. А когда ответил, голос у него сонный был. Недовольный такой. Я ему сказала, что Генриетта Андреевна умерла. Он даже сразу мне не поверил. Переспросил. А потом голос стал такой довольный, я даже почувствовала, как он радуется. Хотя это нехорошо – радоваться чужому горю. Он несколько раз меня переспросил, точно ли она умерла. А потом бросил трубку. Через полчаса перезвонил и спросил, как себя чувствует Казимира Станиславовна. Я сказала, что нормально, и он снова положил трубку.

– И больше ничего?

– Мы с ним больше не говорили. И я не знала, что ее убили. Я думала, что она сама умерла, как обычно у нас бывает.

– В эту ночь в доме никого из чужих не было, – напомнил Дронго, – кроме вас троих, никто больше не дежурил. Асхат был на улице. Значит, вас было трое – Мокрушкин, Димина и вы. Логично предположить, что кто-то из вас мог убить Боровкову?

– Нет, – отодвинулась от него Зинаида, – наши не могли этого сделать.

– Тогда остаются пациенты. Радомиру было плохо, и ему сделали два укола. Мишенину дали снотворное, и он спал. Витицкой тоже сделали укол. Я сейчас не говорю о тех, кто был в реанимации. На первом этаже – шесть человек: Угрюмов, Желтович, Ярушкина, Кравчук, Шаблинская и Тамара Рудольфовна. Только шесть человек. Кто из них мог убить Боровкову?

– Никто, – убежденно сказала Зинаида, – у нас такие не водятся. Вы, наверно, ошиблись. Ее не убили, она сама умерла.

– Сделаем так, – решил Дронго, – пока вы никому и ничего не рассказывайте. А ближе к вечеру мы снова встретимся, и я скажу вам, что вы должны делать. Договорились?

– Хорошо, – кивнула она, вставая со стула.

Он хотел еще что-то добавить, когда дверь без стука распахнулась.

– И вы считали, что сумеете меня обмануть? – услышал он нервный крик.

Глава 14

На пороге стояла разгневанная Светлана Тимофеевна. Щеки у нее горели от волнения и гнева. Она пристально смотрела на гостя.

– Я пытаюсь узнать, где остановились наши башкирские друзья, – продолжала она, даже не глядя на испуганно замершую в углу Зинаиду. — Спрашиваю у Дмитрия, где вы живете. И он, загадочно улыбаясь, говорит, что в «Европе». Я, конечно, не поверила. Решила перезвонить и проверить. И оказалось, что никакого Хабибулина там нет. Зато Вейдеманис есть. И еще один человек, который приехал с Вейдеманисом из Москвы. Я все точно узнала. Номер в этом отеле стоит больше, чем зарплата вашего башкирского министра за месяц. И даже ваш премьер не живет в таких отелях. Почему вы мне соврали? Кто вы такой? Как вы посмели явиться в закрытое лечебное учреждение? Я сейчас вызову милицию.

— Успокойтесь, — попросил Дронго, — лучше войдите внутрь и потом кричите. Чтобы нас не было слышно в коридоре.

— Здесь я хозяйка и сама решаю, как мне лучше поступать, — отрезала Светлана Тимофеевна, но в кабинет все-таки вошла.

— Зинаида, вы можете идти, — кивнул Дронго, — мы с вами потом переговорим.

Санитарка сделала шаг по направлению к дверям.

— Подождите, Зина, — грозно остановила ее Клинкевич, — я должна понять, что здесь происходит. Кто такие эти люди и почему они так бесцеремонно нам лгали?

– Не нужно начинать сразу на таких повышенных тонах, – посоветовал Дронго, – лучше сесть и успокоиться. Тогда я, возможно, попытаюсь объяснить вам ситуацию.

– Нет, вы будете говорить в присутствии Зины. Я не останусь с вами наедине, – крикнула она.

В этот момент дверь снова открылась. На пороге стояли Федор Николаевич Степанцев и Эдгар Вейдеманис. Степанцев вошел в кабинет, следом за ним – Эдгар.

– Зинаида, вы можете идти, – разрешил главный врач.

Клинкевич не посмела оспорить его приказ, и Зинаида быстро выскочила из комнаты. Степанцев уселся на стул, посмотрел на пунцовую от возмущения Светлану Тимофеевну.

– Вы кричите так, что слышно в другом конце коридора, – тихо сказал он. – Какие у вас претензии к нашим гостям? Можете внятно их изложить?

– Они нас обманули. Они пробрались в закрытое лечебное учреждение обманным путем. Нужно вызвать милицию...

– Не суетитесь, – перебил своего заместителя Степанцев, – никого они не обманывали. Это я пригласил их к нам в учреждение. Насколько я помню наши правила, руководитель лечебного учреждения вправе определять круг консультантов, которые могут помогать ему в его лечебной деятельности.

– Они не врачи, – протянула руку, как обвинитель на суде, Светлана Тимофеевна.

– Да, не врачи. Они известные детективы из Москвы. Но это я попросил их выдать себя за гостей из Башкирии, чтобы не пугать наших сотрудников и пациентов. Вы лучше сядьте, Светлана Тимофеевна, иначе вам трудно будет переварить всю информацию, которую вы сейчас услышите.

– Ничего, я постою, – возмущенно ответила она.

– Дело в том, что наша Генриетта Андреевна умерла не собственной смертью, – пояснил главный врач, – ее убили.

– Что? – Она чуть не поперхнулась, обводя растерянным взглядом всех троих мужчин. – Что вы сказали?

Она даже пошатнулась, и Эдгар вежливо подставил ей стул. Она тяжело опустилась на него.

– Что вы сказали? – переспросила Светлана Тимофеевна.

– Ее убили, – подтвердил Степанцев, – именно поэтому я так долго тянул с выдачей тела и оформлением документов. Михаил Соломонович, которого я попросил все проверить, подтвердил мою версию. Но процесс был уже запущен. Вы намеренно исказили информацию, рассказав о чудовищном поведении главного врача, который мстит своей пациентке даже после смерти, не выдавая ее тело родным. Мне начали звонить из приемной губернатора, потом вы организовали давление через наш облздравотдел, и в результате мне пришлось выдать тело, не начав расследования. В этом виноваты лично вы, Светлана Тимофеевна. Я думаю, что смогу легко доказать, что именно вы организовали эту глупую и провокационную статью против меня в газете и помешали мне передать дело в прокуратуру.

Она смотрела на него изумленными глазами.

– Но я решил не сдаваться, – продолжал Степанцев, – поэтому поехал в Москву и нашел лучших детективов, каких только можно было найти. Поэтому они вчера приехали сюда и начали свое расследование.

– Вы за это тоже ответите, – прошипела она, собираясь с силами. – Вы наняли своих молодчиков, чтобы запугать персонал, свалить всю вину на меня, провести свое частное расследование. Но у вас ничего не выйдет. Узнав об убийстве, вы обязаны были сообщить в прокуратуру. А вы этого не сделали. Значит, вы будете отвечать за организацию частного расследования.

– Никакого частного расследования, – улыбнулся Степанцев. – Вот копия моего письма в прокуратуру. Я отправил его еще два дня назад. Просто почта у нас так плохо работает. Но штемпели будут стоять правильные. Еще два дня назад я сообщил о том, что у меня есть подозрения по поводу смерти Генриетты Андреевны Боровковой и я прошу провести повторное расследование с возможной эксгумацией трупа. Мое заявление подписал и Михаил Соломонович. Вот оно, перед вами...

Клинкевич нахмурилась.

– И еще, – добавил не без торжества Федор Николаевич, – я полагаю, что родным и близким Боровковой мы сообщим о том, почему так спешно состоялись похороны и теперь мы вынуждены пойти на такую варварскую меру, как эксгумация трупа. Полагаю, что в этом тоже обвинят именно вас, уважаемая Светлана Тимофеевна.

— У вас ничего не выйдет, — поднялась она со стула, — я пожалуюсь самому губернатору.

— Хоть президенту, — ласково согласился главный врач. — Убили такого известного человека, а вы не дали нам нормально провести расследование. И сейчас мешаете. Ваш крик слышали все наши сотрудники. Разве так можно, Светлана Тимофеевна? — иезуитски спросил он. — Я думаю, что мы найдем журналистку, которая напечатала первую статью, и опубликуем вторую, которая навсегда закроет вашу карьеру.

— Вы не посмеете. Вы не имеете права, — окончательно запутавшись, сказала Клинкевич.

— Очень даже имею. Давно мечтал об этом. У меня есть к вам конкретное и очень неплохое предложение: напишите заявление. Вам трудно сюда приезжать, все-таки каждый день полтора часа туда и обратно. У вас семья, ребенок, по профессии вы офтальмолог... Не сомневаюсь, что вам найдут хорошее место где-нибудь в глазной больнице; возможно, через некоторое время вы даже станете главным врачом. Только здесь не ваше место, Светлана Тимофеевна; вы же должны понимать, что оно слишком мелко для такой крупной птицы, как вы. Напишите заявление, и я дам вам блестящую характеристику. А ваш муж сумеет вас устроить, в этом я не сомневаюсь.

— Вы интриган и мерзавец, — с чувством произнесла она, — а ваши наймиты всего лишь проходимцы. Пустите меня! — крикнула она Эдгару, стоявшему в проходе, и вышла, громко хлопнув дверью.

— Как вы думаете, она напишет заявление? — спросил Федор Николаевич.

— Обязательно, — сказал Дронго, — зачем ей портить свою карьеру? Между прочим, она вообще не врач, и ей здесь действительно не место.

— Это вы сейчас поняли? — уточнил Степанцев.

— Нет, вчера. Ваши сотрудники знают, что собаки воют всякий раз, когда кто-то в хосписе умирает. Вчера, когда мы с ней встречались, она попрощалась с нами и вышла из здания, усаживаясь в машину. Как раз в этот момент завыли собаки, ведь умерла в своей палате Идрисова. В это трудно поверить, но она не остановила машину и даже не поинтересовалась, что именно здесь произошло. Ведь она и так задержалась из-за приезда гостей. Просто уехала, даже не поинтересовавшись, почему воют собаки. Идрисова умерла, когда она садилась в машину, но Мокрушкину и в голову не пришло ее остановить. Такие врачи не должны здесь работать, – убежденно закончил Дронго.

– Конечно, не должны. Я давно пробиваю на это место Сурена Арамовича. Он прекрасный специалист и чуткий человек... Что-нибудь удалось выяснить?

– Кажется, есть подвижки. Вы действительно отправили письмо в прокуратуру?

– Пока нет, – улыбнулся Степанцев.

– Тогда отправьте. Прямо сегодня. Мы можем потерпеть неудачу, а у вашего заместителя появится такой козырь. Прямо сегодня отправьте это заявление в прокуратуру... Кажется, к вам приехали гости. Две или три машины. Нет, даже четыре. Кто это может быть? – посмотрел в окно Дронго. Несколько мужчин выходили из машин.

– Родственники Идрисовой, – пояснил Степанцев, – пойду к ним. Это тоже моя тяжкая обязанность.

Он поднялся и вышел.

– Зинаида Вутко рассказала мне, что на нее вышел родственник Кристины Желтович, какой-то Арвид, который платил ей деньги за любую информацию о своей родственнице. А в последнее время стал платить деньги и за информацию о Боровковой, – сообщил Дронго своему другу, когда они остались вдвоем. – Самое интересное, что погибшая недавно вызывала нотариуса и этим очень разозлила родственника Кристины Желтович.

– В таком случае нужно найти этого родственника и этого нотариуса, – кивнул Эдгар.

– Родственника мы сегодня найдем, его номер телефона есть у Зинаиды. А вот с нотариусом тебе нужно разобраться осторожно. Здесь фиксируют всех посетителей, кто прибывает в хоспис. Осторожно узнай у Евсеева, кто это был. Какой нотариус, местный или из Санкт-Петербурга? И как его можно найти?

– Все сделаю, – кивнул Эдгар и отправился на поиски завхоза.

Дронго вышел следом. Приехавшие мужчины толпились у дверей хосписа. В здание пустили только супруга умершей, после того как он надел бахилы на обувь и белый халат. Дронго прошел к палате Угрюмова и постучал в дверь. Не услышав ответа, он постучал еще раз. Прислушался. Постучал в третий.

– Чего вы стучите, – услышал он недовольный голос Угрюмова, – могли бы зайти и так.

Дронго открыл дверь и вошел в палату. Угрюмов лежал на кровати, прямо поверх одеяла в своем халате. Голые волосатые ноги были открыты. Он даже не пошевелился при появлении гостя.

– А, это вы, – сказал он равнодушно, – я еще подумал, кто у нас такой назойливый. Все время стучится. Думал, что это наша балерина. Она требует, чтобы никто не входил без стука. Старая дура. Уже до смерти осталось всего ничего, а она все строит из себя мадонну.

– Навыки хорошего поведения никогда и никому не мешали, – возразил Дронго, устраиваясь на стуле, недалеко от кровати Угрюмова.

– Зачем пришли? – недовольно спросил тот. – Что вы хотите от меня узнать? Чего не хватает у вас в Башкирии, что вы решили приехать к нам за передовым опытом?

– Я пришел поговорить с вами, – сказал Дронго. – И перестаньте ерничать. Закройте свои ноги и примите приличное положение.

– Зачем? Какое приличное положение в моем случае? Я ведь не просто больной, я пациент хосписа, – повысил голос Угрюмов. – Вы знаете, чем я болен? У меня рак печени в четвертой стадии. Каждый день мне делают по нескольку уколов и пичкают таблетками. И ничего мне уже не поможет. Все это знают, но делают вид, что меня можно вылечить. На Западе врачи хотя бы честно говорят, что вам осталось месяц или два. А у нас темнят, говорят — вы еще поживете. Шиш с маслом я еще поживу. Посмотрите на мое лицо — я уже давно в китайца желтолицего превратился. И никто мне уже не поможет. Поэтому не нужно говорить о приличиях. Я попал сюда, чтобы сдохнуть. Значит, сдохну. Спасибо моей нефтяной компании — они хотя бы меня сюда направили и алименты за меня сыну моему отправили.

— Сколько лет вашему сыну? — неожиданно спросил Дронго.

— А ваше какое дело? — огрызнулся Угрюмов.

— Просто интересно.

— Шестнадцать, — выдавил Угрюмов, — нет, уже семнадцать. Ему уже семнадцать лет. Мы не виделись шесть лет. Или пять.

— Развелись с женой?

— Она ушла от меня, забрав сына. Я ведь хорошо зарабатывал, мы на Севере большую деньгу зашибали. Но только я сильно и поддавал. Очень сильно. В такой запой уходил, что мать родную не узнал бы. Ну, жена долго терпела, а потом взяла сына и уехала. И все. Я запил еще сильнее. У нас ведь вахтовый метод был. Пока я на вахте, ни грамма себе не позволял.

А когда возвращались на Большую землю, тут я и расслаблялся по полной. Вот так. А потом бок начал болеть все сильнее и сильнее. Я не обращал внимания. И однажды меня согнуло так, что сразу в больницу отправили. Там мне и сказали, что лечить уже поздно. Загубил я свою печень и свою жизнь. Вот такие дела. И сына своего я, значит, уже пять лет не видел. Небось большой стал. У нас в роду все мужчины высокие и большие были.

— И не хотел увидеть? — Дронго перешел с ним на «ты», понимая, что Угрюмов рассказывает ему самое сокровенное, о котором давно хотел кому-то рассказать.

— Конечно, хотел. Только уже никогда не увидимся, — махнул рукой Угрюмов. — Он в Новгород переехал с матерью и за пять лет на мои письма не разу не ответил. Наверно, обижен на меня. А может, мать наговорила разного. Она тоже обижена, ее можно понять. Молодая женщина была, когда за меня замуж выходила. Она только институт окончила, ей всего двадцать два было. Над ней тогда все смеялись. За Угрюмова замуж пошла, будешь теперь Угрюмовой. А наша фамилия уже триста лет в Сибири живет, еще мои деды и прадеды Угрюмовыми были. Ну, наверно, как назовут, так и проживешь. Вот все так и получилось. Остался я один, а она свою фамилию вернула себе. И, наверно, сыну моему тоже свою фамилию дала.

Он поднялся и сел на кровать. Посмотрел на гостя.

– Ты меня на жалость не бери. Просто я разговорился почему-то. Сам не знаю почему. Про сына вспомнил, сердце болеть стало. Он, когда маленький был, так гордился мною! Я с ним в тайгу на охоту ходил, он потом всем соседским ребятишкам рассказывал, какой у него папка охотник хороший... Спекся папка, ничего не осталось. – Он отвернулся, тяжело вздохнул. – Ну, зачем пришел? Скажи наконец.

– Мне говорили, что у тебя конфликт был с умершей Боровковой. Она на тебя кричала.

– Люди разное могут наболтать. А ты их не слушай. Она человеком была достойным. Немного покричать любила, но человеком была правильным. Я пошел в столовую, когда она там была. Слово за словом, я стал грубить, она начала кричать. Говорила правильные слова, но злые. Мы все попали сюда из-за какой-то болезни, кричала она, а ты сам свою жизнь угробил. Все правильно говорила, только очень обидно. Ну я и ушел, чтобы не слушать и не нагрубить ей. А она потом пришла и прощения у меня попросила. Вот такая женщина была. Говорит, простите меня, я сорвалась. Это неправильно с моей стороны. Я, конечно, ее простил. С кем не бывает. Мы все здесь нервные. Конец свой знаем — поэтому и переживаем, каждый в своей кровати. Как кто-то сказал, что у нас здесь дом одиноких сердец. Так, видно, оно и есть.

— В ту ночь, когда она умерла, ты не спал?

— Нет, не спал. Я вообще плохо по ночам сплю. Вот Мишенин снотворное принимает, чтобы заснуть. А я снотворное никогда не принимал и уже приучаться не хочу. Говорят, что в конце мне будут такие уколы делать, что я все равно буду спать все время. Поэтому я не сплю по ночам. Пока могу, сам передвигаюсь.

— И куришь?

— И курю. Сторожа жалеют меня, достают мне курево. Знаю, что нельзя курить и на других плохо действует. Поэтому даже у себя в палате не курю — хожу в столовую, на кухню...

— Кого ты видел в ту ночь? Может, какие чужие приходили?

— Нет. Здесь и свои не ходят, не то что чужие. Никого я не видел, только наши были в здании.

— Кто именно?

8-4598

— Все наши. Шаблинская и Ярушкина спать легли только под утро, какую-то передачу смотрели. У Казимиры Желтович свет горел все время. Но она вообще свет выключать забывает. Тамара не спала, несколько раз выходила. Мишенина видел. В общем, только наши.

— Витицкая выходила из своей палаты?

— Не помню. Кажется, нет.

— А Радомир?

— Он и выйти не мог. В его состоянии только по ночам ходить. Не было здесь никого. Ты напрасно здесь чужих пытаешься найти.

— И ты сам тоже на второй этаж не поднимался?

— Зачем? Я туда еще успею попасть. Меня туда в лифте доставят — первым классом. Туда никто из наших не торопится. Вот Генриетту Андреевну отправили, так она от волнения и умерла. Не захотела дожидаться, когда ее начнут к аппаратуре подключать. Ну и правильно сделала. Вообще в таких местах нужно две кнопки сделать: одну — для вызова врачей, а другую — для скорого конца. Если не хочешь больше мучиться, то нажимаешь на вторую кнопку, и тебе укол автоматически делают. Ну, ты и засыпаешь навсегда.

– Эвтаназия запрещена законом, – возразил Дронго.

– Ну и глупый закон. Это моя жизнь, и я сам решаю, как с ней быть. Если бы я знал, что хотя бы сына напоследок увижу, то, может, и не стал бы так своего конца ждать. А иначе зачем? Чего ждать? Все бесполезно. Я вот ему письмо написал, думаю, может, после моей смерти дойдет. Чтобы он хотя бы знал, какие мужики были до него в роду Угрюмовых.

– Подожди, – неожиданно сказал Дронго, – значит, говоришь, эвтаназия. А если бы тебя попросили кому-то помочь, чтобы он не мучился, ты бы тоже помог? Только откровенно?

– Не знаю, – растерялся Угрюмов. – У нас тут всякого насмотрелся. В другой палате Антонина Кравчук лежит, у нее рак кожи. Так она по ночам так кричит, что даже собаки испуганно замолкают. У нее три дочери там остались, а она с нами лежит и даже видеть их не может. Если бы она попросила... не знаю, может, и помог бы. – Он задумался и медленно произнес: – А может, и нет. А вдруг Бог все-таки есть? Зачем душу свою губить? Даже если тебя попросили. Жить нужно до конца. До последнего верить, что сумеешь еще немного продержаться. Может, в этом тоже какой-то смысл есть, я не знаю.

Дронго поднялся.

– Спасибо за разговор. Ты дай мне письмо, я его отправлю, – предложил он.

– Нет, – сказал Угрюмов, – не могу. Я его только врачам дам, чтобы после моей смерти отправили. Не хочу, чтобы он это читал, пока я живой буду. Не нужно.

Дронго вышел из палаты, мягко закрыв за собой дверь, тяжело вздохнул. Еще одно посещение больных – и он просто завоет от ужаса. Никогда раньше он не был в более страшном месте, даже во время бомбардировок в локальных военных конфликтах, даже в самых опасных командировках. Он прислонился к стене, пытаясь отдышаться. В таких местах становится стыдно за то, что бесцельно живешь или праздно проводишь свои дни. Как жаль, что сюда не водят экскурсии и не рассказывают обо всем, что здесь происходит.

Глава 15

У здания хосписа по-прежнему толпились мужчины, приехавшие за телом Идрисовой. Муж поднялся в кабинет Степанцева, чтобы подписать все документы. Мрачные родственники и друзья умершей негромко разговаривали между собой. Дронго прошел дальше по коридору, остановился у двери палаты и постучал. Здесь должны были вместе находиться Тамара Рудольфовна Забелло и Казимира Станиславовна Желтович. Он прислушался. Кто-то недовольно крикнул:

— Входите!

Дронго вошел в палату. За столом сидела Тамара Рудольфовна и что-то писала. Ее соседки рядом уже не было — очевидно, ее успели перевести в другую палату.

— Что вам угодно? — спросила, подняв голову, Тамара Рудольфовна, словно он пришел к ней на прием. На щеках у нее был нездоровый румянец, какой бывает у больных после переливания крови.

— Добрый день, — начал Дронго, — я хотел бы с вами переговорить.

— Здесь важно, хочу ли я говорить с вами. А я не хочу. У меня нет ни желания, ни времени рассказывать башкирским коллегам о своей болезни. Закройте дверь с другой стороны.

Она опустила голову. Он стоял, не двигаясь. Она снова подняла голову.

— Вы плохо слышите? Или вы меня не поняли? Я же вам ясно сказала, что не хочу с вами беседовать.

— Во-первых, я не из Башкирии, — начал Дронго, — во-вторых, совсем не врач, в-третьих, я эксперт по особо опасным преступлениям, и в-четвертых, я здесь, чтобы расследовать убийство, произошедшее в вашем хосписе.

Женщина отложила ручку, надела очки и внимательно посмотрела на него.

— Да, для провинциального врача вы слишком хорошо выглядите, — согласилась она, затягивая потуже халат. — Итак, что вам нужно? Только учтите, что у меня мало времени.

— Я вас не задержу. — Он подошел ближе и, взглянув на стул, спросил разрешения сесть.

— Садитесь, — милостиво разрешила она. Ей явно понравились манеры этого эксперта.

— Простите, что вынужден вас побеспокоить, — начал Дронго, — но вы, очевидно, уже слышали, что в вашем хосписе произошло убийство.

— В нашем хосписе убийства происходят каждый день, — буркнула она, — это нормально в таких заведениях, как наше.

— В каком смысле убийства? — не понял Дронго.

— Конечно, не в прямом, — усмехнулась

она, – здесь обитают люди, приговоренные к смерти своими близкими и родными.

– Почему так жестоко?

– Не жестоко. Это правда. Если у вас есть приличные дети и внуки, то вы останетесь дома и умрете в окружении близких. А если вы не смогли их нормально воспитать, то вас отправят сюда, где вы умрете в окружении чужих и не очень любящих вас людей, которые только и мечтают, чтобы поскорее от вас избавиться.

– У вас чудесные врачи.

– Я не имела в виду врачей. Здесь пациенты, каждый из которых приговорен к скорой смерти из-за своей болезни. И каждый понимает, что приговор довольно скоро будет приведен в исполнение. Возможно, даже радуется, когда смертельная секира бьет по чужой шее, а не по вашей.

– Не думаю, что радуются. И насчет родных вы не правы. Лежащая в соседней палате Антонина Кравчук сама ушла сюда, чтобы девочки не видели ее в таком состоянии. Разве это не жертва?

– С ее стороны – безусловно. Но она не подумала, какой нравственный пример подает своим девочкам. Ведь завтра и их отправят в подобное место, когда они оступятся или упадут. Она не подумала, как тяжело троим девочкам расти без матери. Типичный материнский эгоизм, – в сердцах произнесла Тамара Рудольфовна.

– Я бы назвал это материнским героизмом.

– Ну, тогда вы романтик. А я прагматик. И я знаю, что бывают неблагодарные дети, которым нет дела до материнских слез.

– Мне кажется, что многое зависит от воспитания самих родителей, – осторожно возразил Дронго.

– Ничего не зависит, – вздохнула она. – У меня был муж, который всю жизнь жил за мой счет. Такой типичный альфонс. Не очень утруждал себя работой, почти ничего не зарабатывал. Но зато любил порассуждать о разных нравственных императивах. Кончилось это тем, что он стал изменять мне с нашими домохозяйками и кухарками. И я его прогнала. Но дурная кровь перешла к моему сыну. Мой собственный сын, которого я определила в элитную школу, одевала, кормила, обувала, нанимала педагогов по английскому и французскому языку, оказался похожим на отца, а не на меня. Я дала ему образование в Великобритании, когда об этом никто еще и не мечтал, прекрасную пятикомнатную квартиру в городе, устроила его работать в самую перспективную компанию и даже женила его на дочери моих знакомых, чтобы отец девочки мог поддерживать его в трудную минуту. Так вот, он смертельно обиделся на меня, узнав о том, что свою трехкомнатную квартиру я оставила племяннице, у которой погиб муж и которая ютилась в коммуналке с тремя детьми. Вот так. И у меня нет даже возможности объяснить моему отпрыску, что он не прав и я сделала для него гораздо больше, чем для всех остальных людей, вместе взятых. Но он решил порвать с матерью. Таково было его решение. Жаль, что мои внуки не навещают меня, но там, очевидно, сказывается и запрет родителей. Невестка тоже оказалась не подарком. Как теперь я должна к ним относиться? Делать вид, что ничего не происходит? Конечно, нет. Я обижена и не скрываю своей обиды. Я уже распорядилась, чтобы на мои похороны не пускали этого негодяя, который когда-то назывался моим сыном.

Дронго потрясенно молчал. Истоки ее раздражения становились понятны. Он огляделся по сторонам. На кровати лежал небольшой «дипломат» с цифровым замком, в углу — стопка книг.

— Возможно, он еще одумается, — предположил он.

— Когда? После моей смерти? — зло усмехнулась она. — Давайте не будем говорить о материнском героизме и сыновней благодарности. Я знаю, чего все это стоит. Так почему вы ко мне пришли? Неужели у нас действительно кого-то проткнули ножом или застрелили? Должна вам сказать, что это почти невозможно. И не потому, что мы здесь такие сильные духом и можем оказать сопротивление. Как раз наоборот — возможно, многие из нас не захотят даже сопротивляться. Но наши собаки все чувствуют. Они сразу почувствуют чужого. И еще одна странная особенность: как только кто-то умирает, они это чувствуют. И их протяжный вой слышен в каждой палате. Так кого у нас убили?

— Генриетту Андреевну Боровкову, — сообщил он, внимательно глядя на реакцию женщины.

Она не вздрогнула, не испугалась, даже не изменилась в лице. Только как-то невесело усмехнулась:

— Все и должно было так закончиться. Она так и не захотела измениться, даже попав в нашу компанию.

— Говорят, что у вас с ней иногда случались споры.

— Какие споры! — встрепенулась Тамара Рудольфовна. — У нас были такие скандалы, что их слышали все наши пациенты. Как вой собак, который доносится с улицы. Мы орали друг на друга изо всех сил. Мы ругались так, что нас нужно было разливать из пожарных брандспойтов. Называли друг друга такими забытыми словами, о которых вы даже не подозреваете. Это были не споры, это была ненависть двух старых дамочек во власти, которые случайно оказались вместе и в одной палате. Я знаю, что мы обязаны этому «подарку» заместителю главного врача. Но она — полная дура и совершенно не понимала, что нас нельзя поселять вместе. К счастью, у Генриетты обострились ее болезни, и было принято мудрое решение отправить ее на второй этаж. Значит, там ее и прикончили. Очень сожалею, что это сделала не я.

— Вы так ее ненавидели?

— Изо всех сил. Просто терпеть не могла. А с другой стороны, без нее теперь даже скучно. Ну с кем мне теперь можно поругаться? С Казимирой Желтович, которую сегодня перевели от меня? Она все время лежит в постели и молчит, словно боится сказать лишнее слово. Кравчук не выходит из своей палаты. Ярушкина и Шаблинская абсолютно бесконфликтные люди. Им, по-моему, даже уютно и спокойно именно здесь. Кто остается? Наши мужчины? Радомир постепенно выживает из ума. Мишенин весь в своих глубокомысленных рассуждениях, а Угрюмов просто не переносит всех женщин на земле. У него была какая-то личная история с женой, которая от него ушла, вот после этого он терпеть не может весь женский род. Наверно, правильно делает. Можно еще конфликтовать с врачами и санитарками, но это уже последнее дело. Мы и так достаем их нашими проблемами.

Она внезапно подмигнула гостю. Было непонятно, шутит она или говорит серьезно.

— Ее действительно убили или вы решили так начать свою беседу? — поинтересовалась она.

— Задушили подушкой, — сообщил он.

— Тогда точно наши, — кивнула Тамара Рудольфовна. — Но это не я. Хотя в ту ночь я не спала, а сидела за столом. У нас готовят материалы к юбилею нашего комбината, и я должна читать массу всех этих глупых воспоминаний и восторженных отзывов о своей работе. Смешно и немного глупо. Получается, что на своей работе я сделала все, что смогла. Стала даже Героем труда. А своего сына проглядела. Доверила нянечкам, воспитательницам, учителям. И проглядела своего единственного сына. Вот такое наказание за все мои успехи, за мои ордена и медали. У вас есть дети?

– Да, – кивнул он.

– В таком случае скажите вашей жене, что самое главное в жизни – это ее дети. Все административные и другие успехи не стоят и ломаного гроша.

– Скажу, – серьезно пообещал Дронго.

– А насчет убийства... – она задумалась, – если ее действительно убили, в чем я лично очень сомневаюсь, то могу подсказать вам, кто именно мог это сделать.

– Подскажите, – попросил он. Ему был интересен ход мыслей этой неординарной женщины.

В этот момент в дверь постучали. Она нахмурилась.

– Войдите! – крикнула она.

Дверь открылась. Это была Зинаида. Увидев Дронго, она смущенно отвернулась, затем взглянула на Тамару Рудольфовну.

– Вы будете обедать? – спросила Зина.

— Да. И я приду в столовую, — сказала Тамара Рудольфовна.

Зина, кивнув, быстро вышла, прикрыв за собой дверь. Тамара Рудольфовна улыбнулась.

— С меня можете сразу снять все подозрения, — сказала она. — Я не смогла бы этого сделать при всем желании. И знаете почему? От кровати в реанимационной палате, где лежит больная, до дверей шагов пять или шесть. Понимаете?

— Она бы увидела того, кто к ней подходит, — мгновенно понял Дронго, — я как раз думал об этом.

— Вот-вот. Спала она очень чутко. Так обычно спят больные люди, которые просыпаются при малейшем шуме. Она слышала даже во сне, это я вам могу сказать точно. И любой человек, который попытался бы незаметно и тихо войти в ее палату, просто не сумел бы этого сделать. Она бы сразу его почувствовала. А кнопка вызова находится рядом с ее рукой. Достаточно нажать кнопку — и сразу прибежит врач или санитарка. Убийца просто не успел бы выбежать из палаты. Но она не нажала этой кнопки. Значит, убийца был человеком, которого она знала и, самое главное, — доверяла. Иначе она хотя бы попыталась крикнуть. У нее был чудесный, почти мужской бас, и, несмотря на болезнь, она орала так, что слышно было на обоих этажах. Значит, убийца был из наших, и именно тот, кому она безусловно доверяла. Вот вам подсказка.

— Я тоже так думал, — кивнул Дронго. — Спасибо за вашу помощь. И извините, что я отнял у вас время.

— Ничего, — великодушно ответила она, — обычно редко попадаются умные люди. Чаще — дураки. Это всегда немного обидно. Хочешь встретить мыслителя, а встречаешь дворника. А наоборот почти никогда не бывает. Это раньше в дворниках ходили наши интеллектуалы-диссиденты, подпольные поэты, художники, композиторы. А сейчас — таджики и узбеки. Вы знаете, раньше в Москве и в Санкт-Петербурге дворниками были исключительно татары. И так продолжалось до середины пятидесятых. Потом в дворники пошли наши диссиденты, потом обычная рвань, бомжи, неустроенные типы. А сейчас — таджики и узбеки. Все возвращается на круги своя. Как вы считаете?

— Учитывая тяжелое положение в этих странах, — честно ответил Дронго, — они пытаются заработать на жизнь.

— Я не осуждаю, я обращаю внимание на тенденцию.

— Тогда конечно. До свидания.

— Удачи вам, — пожелала ему на прощание Тамара Рудольфовна.

Дронго снова вышел в коридор. У дома уже не было ни мужчин, ни машин — очевидно, они, забрав тело, уехали. Он подумал, что ему осталось побеседовать только с Желтович, которую перевели в соседнюю палату. Понятно, что Кравчук его просто к себе не пустит и откажется разговаривать. К тому же там будет Витицкая, с которой он так грубо обошелся. Он подошел к двери крайней палаты и постучал.

— Войдите, — услышал он тихий голос Казимиры Станиславовны.

Эта палата была меньше остальных — очевидно, изначально она была рассчитана на одного человека. В углу — телевизор. На столе лежали несколько журналов. Стоял мужской портрет в рамке. Желтович лежала на кровати, укрывшись до подбородка. Увидев его, она приподнялась.

— Добрый день, — кивнул Дронго, — а вы разве не пошли на обед?

— Нет, — немного испуганно сказала она, — я вообще стараюсь не ходить в столовую. Там сильно дует, к тому же мне трудно сидеть на стуле. Поэтому я обедаю немного позже, мне приносят еду сюда. Или хожу туда, когда там никого не бывает.

Она была небольшого роста, похожая на испуганного воробышка. Редкие седые волосы, круглое лицо.

– Можно я с вами поговорю? – спросил он.

– Можно, – кивнула она, – только я ничего не знаю.

– Я еще ничего не спросил, – улыбнулся он, усаживаясь на стул рядом с ней.

– Мне нужно встать, – жалобно произнесла она, – но у меня болит спина.

– Не нужно, – попросил Дронго, – это совсем необязательно. Лучше лежите и не вставайте.

Она кивнула, снова вытягиваясь на кровати.

– Я хотел вас спросить насчет Боровковой, – сказал Дронго.

– Ничего не знаю, – снова быстро произнесла она.

– Мне говорили, что вы с ней были в хороших отношениях.

– Я со всеми в хороших отношениях, – прошептала старушка.

— Значит, у вас прекрасный характер. Чей это портрет в рамке у вас на столе?

— Это мой сын, — сказала Желтович.

Он поднялся и подошел к фотографии. Мужчина лет сорока в генеральской форме. Рядом виднелась дата: восьмое июня, тысяча девятьсот восемьдесят восьмой год.

— Он был генерал-майором авиации, — сообщила она, — погиб в тридцать восемь лет. На испытаниях.

— У него были дети?

— Да, две мои внучки. Младшая сейчас замужем за вице-губернатором, — не без гордости сообщила Казимира Станиславовна, — а другая внучка сейчас в Нью-Йорке. Ее муж — известный американский модельер.

— Значит, вы можете гордиться своими внучками, — сказал он, возвращаясь на свое место.

Она осторожно вздохнула.

— Кроме них, у вас никого нет? — поинтересовался Дронго.

— Прямых родственников нет, — призналась она, — но у нас была большая семья. У моего деда — он был известным архитектором — было шестеро сыновей. Можете себе представить? Но в Санкт-Петербурге, или в

Ленинграде, осталось только двое – мой отец и его младший брат. Остальные погибли. Один в Первую мировую войну, другой в Гражданскую на стороне большевиков, третий тоже в Гражданскую, но сражаясь за белых. А четвертый, самый старший, преподавал в Германии, и его судьба до сих пор неизвестна. Вот такая у нас была семья. Отец стал профессором архитектуры, а его брат пошел служить в ЧК. И самое поразительное, что моего отца не тронули, а дядю расстреляли. Вот так иногда бывает в жизни. Потом дядю реабилитировали в пятьдесят шестом. У него была дочь, которая вернулась из Казахстана в пятьдесят восьмом. Наша семья ей очень помогала.

– Где сейчас эта дочь?

– Умерла. Ей было уже много лет. А ее дочь вышла замуж за полулатыша-полулитовца и переехала в Ригу.

– У них никого не осталось?

– Только внук Арвид, мой внучатый племянник. Он иногда приезжает навестить меня. Такой хороший мальчик, но отчаянно нуждается. Работает инженером в конструкторском бюро и получает гроши. Ну, вы сами знаете, сколько сейчас получают инженеры. Поэтому я иногда помогаю ему.

— Вы разве получаете пенсию?

— Конечно. За своего мужа. Он тоже был генералом, только инженерных войск. Я свою фамилию так и не поменяла. И многие не знают, что генерал-полковник Ломакин был моим супругом. Вот такая у нас генеральская семья. Дед был генералом в царской России, мой муж генерал-полковником, а сын генерал-майором — уже в Советском Союзе. Сын решил стать военным именно из-за отца — он так гордился, когда получил лейтенантские погоны.

— У вас необыкновенная биография, — убежденно сказал Дронго. — Вы даете деньги Арвиду из своей пенсии?

— Иногда, — улыбнулась она, — но я думала, что смогу помочь ему купить квартиру.

— Квартира в Санкт-Петербурге стоит огромных денег.

— Я знаю, — ответила она, — мне говорил об этом муж моей младшей внучки. Но я все равно хотела помочь Арвиду. Он собирается жениться и так отчаянно нуждается...

— Вы хотели ему помочь и поэтому обратились к Генриетте Андреевне? — предположил он.

Она подняла голову и удивленно посмотрела на него.

– Откуда вы знаете?

– Просто предположил. Ведь она долгие годы работала в Ленгорсовете, знала все эти правила.

– Да-да, конечно. Я тоже так подумала. Мы даже нотариуса приглашали, чтобы все оформить. Он обещал все узнать, но пропал и на наши телефонные звонки даже не отвечал. Она мне сказала, что он, наверно, жулик и нужно будет вызвать другого. И я согласилась. Но потом все так случилось... – Она снова натянула на себя одеяло.

– Я думаю, ничего страшного, – успокоил Дронго свою собеседницу, – можно будет найти толкового нотариуса и сделать все, о чем вы просили Генриетту Андреевну. Можете не беспокоиться.

– Спасибо, – прошептала она, – я так хотела помочь Арвиду. У моих внучек есть все, о чем можно только мечтать, а он такой воспитанный мальчик... И такая трудная судьба. Прадеда расстреляли, а семью его бабушки сослали в Казахстан.

– Это наша история, – рассудительно ответил Дронго.

– Вы правы, – снова улыбнулась Казимира Станиславовна, – вот и Мишенин мне говорит, что не нужно переживать и все наладится. Я ему так благодарна, он меня очень поддерживает после ухода Генриетты Андреевны.

Дронго поднялся со стула. Кажется, настало время срочно побеседовать с этим Арвидом и найти нотариуса, который так неожиданно исчез.

— До свидания, — наклонился он к ней, — и не беспокойтесь. Я думаю, что все будет хорошо.

— Я в этом уверена, — счастливо улыбнулась Казимира Желтович.

Глава 16

Дронго быстро вышел в коридор и увидел спешившего к нему Вейдеманиса.

— Я все уточнил. Это местный нотариус из Николаевска, — сказал Эдгар, — Евсеев его лично знает. Аркадий Изверов. Сейчас он наверняка на своем рабочем месте.

— Очень хорошо.

— Не все так хорошо. Евсеев убежден, что Изверов настоящий проходимец и ему нельзя доверять.

— Если он решил кинуть даже больных в хосписе, то для него действительно нет ничего святого. Тем более нужно с ним познакомиться поближе.

– Тогда конечно, – согласился Вейдеманис.

– Адрес у тебя есть?

– Он работает в Николаевске, Дмитрий знает его.

– Тогда поедем. Нужно попросить Федора Николаевича одолжить нам машину. А заодно заберем и Зинаиду, она нам понадобится.

Уже через двадцать минут они выехали в Николаевск. Дмитрий не совсем понимал, что происходит. Какие-то непонятные типы эти двое. Сначала выдавали себя за врачей из Башкирии, потом выяснилось, что они строители, потом сыщики – и вообще непонятно кто. Поэтому он испуганно косился на сидевшего рядом с ним Эдгара и предпочитал молчать. На заднем сиденье расположились Зина и Дронго. Зинаида тоже молчала. Она понимала, что сделала нечто ужасное, и поэтому с огорчением обдумывала, где сможет устроиться на работу, если ее выгонят из хосписа.

Они подъехали к нотариальной конторе, когда на часах было без двадцати пяти три. Дронго и Эдгар вошли в здание. В самой конторе было довольно много людей – обычный рабочий день. К нотариусу пробиться было практически невозможно. Но оба напарника решительно двинулись к его кабинету.

— Куда? — крикнула секретарь.

— Мы из ФСБ, — сказал со страшным выражением лица Вейдеманис, и она пропустила их, даже не спросив документов.

У нотариуса сидел какой-то мужчина характерной южной наружности, с которым они пересчитывали деньги. Увидев вошедших, нотариус недовольно поморщился:

— Мы заняты, господа. Подождите в приемной.

— Может быть, вы потом посчитаете деньги? — предложил Дронго. — У нас к вам срочное дело, господин Изверов.

Нотариус нахмурился. Неужели эти проверяющие из Министерства юстиции? Нет, непохоже. Слишком лощеные и уверенные в себе господа. Из министерства обычно приходят проверяющие не в таком виде. Тогда из милиции? Тоже непохоже. У провинциальных сотрудников милиции совсем другие лица. Да и столичные не выглядят так презентабельно. Неужели из ФСБ? Это было бы хуже всего. Очевидно, мысленные страдания отразились на его лице.

Дронго согласно кивнул:

– Вы правильно поняли, откуда мы пришли, Изверов. Отправьте в приемную вашего южного гостя. Вы потом посчитаете с ним ваши деньги.

– Что он говорит? – не понял гость. – У нас важное дело. Я деньги плачу, чтобы все нормально было.

– Выходи отсюда немедленно, – зашипел Изверов, – чтобы духу твоего здесь не было! Слышишь!

Гость опять ничего не понял, но по выражению лица нотариуса догадался, что ему нужно исчезнуть. Схватив свои деньги, он быстро выбежал за дверь. Дронго и Вейдеманис уселись на стулья. Когда было нужно, они умели разыгрывать такие спектакли.

– Может, вы покажете свои удостоверения? – не выдержал Изверов.

– Тебе не нужны наши удостоверения, – убедительно произнес Дронго, – и ты сам все прекрасно понимаешь.

– У вас есть санкция? – помрачнел нотариус.

– Она у меня в кармане. Но все зависит от твоего поведения.

– Опять на меня жалуются! Но я не виноват, что было принято решение об отчуждении этого земельного участка нашим городским советом...

– Подожди, – перебил его Дронго, – эти сказки ты расскажешь в другом месте и другим людям. А сейчас сосредоточься и отвечай на мои вопросы. Желательно правдиво, чтобы у меня был повод поверить тебе.

– Я всегда говорю только правдиво. Об этом все знают. Я ведь нотариус, моя задача фиксировать только истину. Что вас интересует?

– Несколько дней назад ты был в хосписе, – напомнил Дронго.

– Где? – не сразу понял нотариус. – О чем вы говорите?

– В хосписе, который находится недалеко отсюда, – пояснил Дронго.

– Ах, этот раковый корпус. Да, я действительно там был. Ну и что?

– Тебя пригласила бывший заместитель председателя Ленгорсовета Генриетта Боровкова по просьбе Казимиры Желтович.

– Господа... товарищи... Я не понимаю, при чем тут хоспис. Решение о земельном отчуждении...

– Мы спрашиваем тебя про хоспис, – перебил его Дронго.

– Да, я действительно там был.

– Причина?

– Ну, вы же сами все знаете. Меня пригласила Боровкова. Она раньше была крупной шишкой в Ленгорсовете. Хотела переговорить. Мы поговорили, и я вернулся обратно. Вот и все.

– О чем говорили?

– О проблемах госпожи Желтович. Я пояснил, как все это можно оформить... Ах да, я теперь понимаю. Вы, наверно, представляете интересы семьи. Мне говорили, что муж ее внучки – очень важное политическое лицо в нашей области. Я правильно все понимаю?

– Не валяй дурака, Изверов, – посоветовал Дронго, – мне важно знать, о чем именно ты с ней разговаривал.

– У нее есть документы на банковскую ячейку в Финляндии. Якобы она была открыта еще в царское время, когда Финляндия входила в состав России. Госпожа Боровкова хотела узнать, как можно воспользоваться этой ячейкой и предъявить на нее права. Ну, я ей и пояснил, что если ячейка была открыта на определенное имя, то родственники и наследники могут предъявить свои права, только доказав в финском суде, что являются прямыми потомками владельца ячейки. Но если ячейка не именная, а цифровая, то там есть цифровой код, и тогда все просто. Нужно только предъявить этот код, и вы получите доступ к ячейке. То есть код вместо пароля. Так часто делают в швейцарских банках, где не называют фамилий владельцев и они скрыты за кодами. Я пообещал узнать и другие подробности, но... я не знал, что этот вопрос волнует еще кого-то, кроме госпожи Боровковой.

– Кого еще?

– Уважаемые друзья, скажите, откуда вы пришли? Если не из ФСБ, то откуда? Я хотя бы буду знать, кому помогаю. Вас прислал сам вице-губернатор?

– Возможно. Ты не ответил на наш вопрос.

– На меня вышел родственник госпожи Желтович. Кажется, ее племянник. Этот Арвид Желтович показывал мне свои документы.

– Откуда он узнал о твоем визите в хоспис?

– Это вы спросите у него, если найдете. Насколько я понял, он живет в Санкт-Петербурге, хотя точного его адреса я, конечно, не знаю. Он мне его не оставлял. Номера телефона у меня тоже нет. Но если он Желтович и приходится родственником вашему хозяину, то вы его легко найдете. Во всяком случае, получается, что он двоюродный дядя или троюродный брат жены вашего вице-губернатора.

– Не заговаривайся, – ласково посоветовал Вейдеманис, – продолжай рассказывать.

– Больше нечего рассказывать. Я поехал туда по приглашению госпожи Боровковой и пообещал все узнать. Когда я вернулся к себе, у меня сразу появился этот Арвид Желтович, который сообщил, что является самым близким родственником госпожи Казимиры Желтович, в чьих интересах якобы действовала Генриетта Андреевна. Более того, я знаю, что внучка госпожи Желтович является женой нашего вице-губернатора. Желтович – фамилия известная, в городе есть несколько домов, построенных ее отцом и дедом. Вот почему я принял этого молодого проходимца и не стал его выгонять. Хотя сейчас я понимаю, что не нужно было его принимать. Но я поверил ему именно потому, что он появился почти сразу после того, как я побывал в хосписе. Он сообщил, что старушка уже не в себе и не следует доверять ее подругам, которые вместе с ней проходят лечение в этом заведении. Я подумал, что он, возможно, прав. К тому же речь шла о самом вице-губернаторе.

Зачем мне эти проблемы? Кому они нужны? И я перестал отвечать на телефонные звонки госпожи Боровковой, как мне посоветовал господин Арвид Желтович. И больше там не появлялся. Это, возможно, было самое мудрое мое решение. А вы как считаете, господа? Или мне вас называть все-таки товарищи? Если вы из ФСБ, то, конечно, товарищи, а если из резиденции вице-губернатора, то наверняка господа. Так как мне вас называть?

— Судари, — пояснил Вейдеманис, — так будет лучше всего.

— Как хотите. Я вам рассказал все, что было. Больше я ничего не знаю. А насчет земельного отчуждения...

— Заткнись, — попросил Дронго и посмотрел на Вейдеманиса.

Целую минуту они молчали, словно разговаривая друг с другом. Нотариус не выдержал:

— Почему вы все время молчите? Я могу узнать, в чем, собственно, дело?

— Что ты обещал Арвиду Желтовичу? — спросил Дронго.

— Ничего особенного. Он попросил меня больше не заниматься этим непонятным делом, и я согласился. Признаюсь, что от поездки туда у меня мурашки бегали по коже. Хотя там все было вполне прилично. Она приняла меня в саду, где мы сидели и разговаривали. Но я все равно решил больше туда не ездить.

– Он тебе посоветовал не ездить туда?

– Я вам уже сказал, что он советовал мне вообще не заниматься этим делом, так как его родственница находится в неадекватном состоянии. Я ему поверил и решил больше не отвечать на их телефонные звонки.

– И он заплатил тебе деньги?

– Как вам не стыдно, – почти искренне разыграл возмущение Изверов, – разве можно даже подумать об этом? Я просто хотел помочь нашему вице-губернатору, которому прошу передать мой большой привет. Я его поклонник и не сомневаюсь, что на новых выборах, когда нынешний губернатор уйдет в отставку, именно он...

Не дослушав его высокопарного спича, сыщики поднялись и вышли из кабинета не попрощавшись. Изверов пожал плечами. Какие-то непонятные типы. Может, еще какую-нибудь новую спецслужбу придумали для специального контроля за нотариусами? Он приподнялся, чтобы посмотреть в окно, в какую машину сядут эти незнакомцы. Но они скрылись за углом, и было непонятно, какая именно машина ждет их.

Дверь открылась, и в кабинет заглянул его южный посетитель.

– Мы еще деньги не пересчитали, – жалобно напомнил он.

– Подожди, – испуганно закричал Изверов, – сейчас тебя арестовывать придут. Закрой дверь и умолкни. Успеем мы твои деньги пересчитать.

Назойливый посетитель сразу исчез за дверью. Изверов опустился в свое кресло, вытирая пот. Почему он ввязался в эту непонятную историю с хосписом? Ведь он поехал туда в твердом намерении оказать помощь. Ему даже льстило, что придется помогать людям, находящимся в таком тяжелом положении. По своей природе он не был злым человеком, как не бывают злыми жулики и взяточники. Они всегда настроены благодушно к людям, так как ждут очередного подношения от каждого приходящего клиента. И если даже не получают этого подношения, то все равно сохраняют хороший аппетит и превосходное настроение – ведь девяносто девять человек из ста, которые являются к ним на прием, знают правила игры и заплатят те самые деньги, которые должны заплатить. Поэтому Изверов поехал в хоспис в твердом намерении сделать доброе дело, особенно если дело это касалось таких известных людей, как бывший зампред Ленгорсовета и бабушка жены самого вице-губернатора. Но когда у него почти тут же появился этот молодой Арвид Желтович, он несколько насторожился. Правда, и на этот раз настороженность прошла довольно быстро. Арвид оказался не только родственником известной семьи, но и вполне деловым человеком. Он сразу предложил заплатить пять тысяч долларов, чтобы Аркадий Изверов навсегда забыл дорогу в этот хоспис. За пять тысяч Изверов мог бы забыть дорогу даже к себе домой. Правда, на некоторое время, так как дома его ждали супруга и трое детей. Но сумма была весьма внушительная, и он согласился. Про деньги он, разумеется, ничего не сказал обоим своим визитерам. Им не следовало знать, что любовь к вице-губернатору и его семье нотариус оценивает в такую незначительную сумму. Поэтому, подождав немного и убедившись, что никто больше не приходит, он снова пришел в благодушное настроение и, позвонив секретарю, строго приказал, чтобы она никого не пускала к нему без доклада. И только

9-4598

затем вызвал южного гостя, чтобы пересчитать полагающиеся ему деньги.

Дронго и Вейдеманис прошли к машине и остановились в нескольких метрах от нее.

– Типичный жулик этот нотариус, – сказал с явным сожалением Вейдеманис.

– Он, конечно, взял деньги за свое молчание, – убежденно ответил Дронго. – Как в таких случаях говорят – в Бога я верую, а остальное – наличными. Вице-губернатора он, конечно, уважает и его семью тоже готов уважать, только деньги у Арвида он наверняка взял. У нас теперь есть законченная версия, Эдгар. Внучатый племянник Казимиры Желтович пытается получить ее наследство и выдает себя за нищего инженера из какого-то конструкторского бюро. Интересно, что к своей родственнице он приезжает на «Жигулях», а на встречи с Зинаидой – на дорогом внедорожнике. Значит, деньги у него есть. Но все рассчитано на то, чтобы выбить помощь у своей родственницы. Потеряв сына, она, очевидно, никому не говорила об этой ячейке в Финляндии. А попав в хоспис, тем более не стала никому ничего рассказывать. Ведь одна ее внучка находится в Америке, а вторая – в Санкт-Петербурге, и никто из них даже не думает навещать свою бабушку. Лишь присылают сюда в лучшем случае водителя своего мужа. Вот поэтому старушка и решила помочь родственнику, который так заботливо навещает ее. Она рассказала обо всем Боровковой, которая знала их семью довольно давно. Боровкова вызвала нотариуса, чтобы обсудить с ним возможные правовые последствия предъявления прав на эту банковскую ячейку. Но они даже не подозревали, что Арвид нанял Зинаиду для контроля за ними. В результате та сообщила Арвиду о приезде нотариуса, и тот постарался сделать все, чтобы Изверов забыл дорогу в хоспис и больше не отвечал на телефонные звонки Генриетты Андреевны.

Все остальное понятно. Если он так озабочен сохранением тайны, то ясно, что убрать Боровкову было его первейшей задачей. И кто-то задушил несчастную женщину, чтобы она не смогла выдать эту тайну. Конечно, главный подозреваемый сам Арвид Желтович, но вполне возможно, что у него были и пособники. И даже в хосписе. Тебя устраивает такая версия?

— Но она без логического конца, — возразил Вейдеманис, — ведь мы не знаем, кто убил Боровкову. Сам Арвид не смог бы беспрепятственно проникнуть в хоспис, я в этом уверен. Тогда кто? Зинаида, которая первой обнаружила мертвую Генриетту Андреевну? Не думаю. Иначе она не поднялась бы еще раз на второй этаж, а задушив женщину, просто спустилась бы на первый, чтобы обеспечить себе алиби. Нет, не подходит. Значит, Арвид кого-то подкупил. Мокрушкина или Димину? Не знаю. Но не уверен, что это они. А среди пациентов, по-моему, просто нет такого, кто купился бы на деньги Арвида. Тогда получается, что наша версия лопается по швам. Ведь самое важное для нас не защита интересов банковской ячейки семьи Желтович, а поиски конкретного убийцы.

— Вот так всегда, — пошутил Дронго, — разрушил такую идеальную версию. Ладно, идем в машину. Теперь нужно добраться до Арвида и наконец узнать, кто это такой и кто убил Боровкову.

Они сели в машину.

Глава 17

По их просьбе испуганная Зинаида набрала номер Арвида и сообщила ему, что им нужно срочно встретиться.

— Что произошло? — поинтересовался Арвид. — К чему такая срочность?

— К нам приехал новый нотариус, — выдавила из себя Зинаида, как научил ее Дронго, — он беседовал с самой Казимирой Станиславовной, и она попросила меня записать какие-то цифры для нее.

— Ты записала? — не спросил, а прямо-таки крикнул Арвид.

— Да, записала. Они у меня с собой. Я могу принести их вам. Только она сказала...

— Больше ничего не говори по телефону! Жди меня у своего дома, как обычно, у телефонной будки. Через час я буду. Только никуда не уходи! И эти цифры, которые ты записала, принеси.

— Хорошо, — сказала она, отключив аппарат, жалобно посмотрела на Дронго и Вейдеманиса. Теперь следовало дождаться Арвида. У дома Зинаиды, где стояла телефонная будка, они заняли удобные позиции, чтобы подойти к машине с двух сторон, когда подъедет родственник Казимиры Желтович.

Начал накрапывать дождь. Дронго нахмурился. Если Арвид, почувствовав какой-то подвох, не приедет, то потом отыскать его будет сложно. Он, возможно, даже уедет в Ригу к своим родителям, и его невозможно будет найти. Прошел час, но внедорожник Арвида так и не появился. Прошло еще двадцать томительных минут, когда он наконец позвонил Зинаиде.

— Я подъезжаю, — сообщил он, — стой прямо у будки, я тебя заберу. Сразу садись в машину, как только я остановлю автомобиль.

Зинаида растерянно посмотрела на Дронго. Тот одобрительно кивнул. Теперь все зависело от их слаженных действий. Когда наконец показался внедорожник, Зинаида стояла рядом с телефонной будкой, у которой и притормозила машина Арвида. Вместо нее в салон автомобиля сел, открыв правую дверцу, Дронго. Арвид растерянно взглянул на него. И в этот момент с его стороны появился Вейдеманис, который, больно столкнув его с водительского кресла, уселся за руль. Арвид даже не понял, что произошло, когда оказался в крепких руках самого Дронго. И вдобавок прямо перед машиной затормозил «Ниссан», управляемый Дмитрием. Все это произошло в течение нескольких секунд.

— Кто вы такие? — попытался вырваться из рук Дронго Арвид. — Что вам нужно?

— Сиди спокойно, — посоветовал ему Дронго, который был в два раза мощнее и шире в плечах, чем его визави, — иначе я просто сломаю тебе кости.

— Что вы хотите? — немного успокоился Арвид. — Кто вы такие?

— Друзья твоей двоюродной бабушки, — усмехнулся Дронго. — И не дергайся! — Он обыскал молодого человека, доставая паспорт и автомобильные права. Вейдеманис раскрыл паспорт.

— Арвид Желтович, — громко прочел он.

Дронго одобрительно кивнул.

— Что вам нужно? — разозлился Арвид. — Скажите, кто вы такие? Рэкетиры или обычные бомбилы?

— Мы обычные детективы, которые пытаются понять, почему Арвид Желтович установил наблюдение за своей родственницей и ее подругой, — пояснил Вейдеманис.

— Я ничего не устанавливал, — попытался вырваться из объятий Дронго Арвид, но это было бесполезно. Тот так сильно сжал его, что, казалось еще немного — и кости просто захрустят.

— Не нужно лгать, — ласково попросил Дронго, — мы все знаем. И про то, как ты нанял Зинаиду Вутко следить за ними и как приезжал к нотариусу Изверову со своим конкретным предложением, чтобы тот навсегда забыл адрес хосписа.

— Вы меня с кем-то путаете, — пробормотал Арвид.

— И еще ты просил нотариуса больше не заниматься делами твоей родственницы. Или это тоже поклеп?

— Отпустите меня, — почти простонал Арвид. Дронго немного ослабил свою хватку и чуть отодвинулся в сторону. Салон был просторным. Это был «Лендровер» последней модели.

— Что вам нужно? — тихо спросил Арвид. — Вы тоже хотите денег?

— Самое поразительное, что мерзавцам нравится думать об остальных, что они такие же мерзавцы, — вздохнул Дронго. — Нет, мы не хотим денег. Мы уже пояснили, что являемся детективами, которые расследуют тяжкие преступления против личности.

— Ну, тогда это не ко мне. Я не совершал никаких тяжких преступлений, — убежденно сказал Арвид.

— Это зависит от точки зрения. Сначала ты нанял санитарку следить за своей родственницей, затем подкупил нотариуса, заставив его не заниматься делами вашей семьи. И, наконец, самое главное — мы можем обвинить тебя в убийстве Генриетты Андреевны Боровковой, которое произошло несколько дней назад.

– Разве ее убили? – испугался Арвид. – Мне говорили, что она умерла сама. Во сне.

– Ее убили, – безжалостно повторил Дронго, – и теперь ты будешь отвечать за это преступление.

– При чем тут я? – встрепенулся Арвид. – Я ничего не знал. Я никого не убивал. Я только хотел, чтобы ценности нашей семьи не попали в чужие руки.

– Какая это ваша семья? – поинтересовался Вейдеманис. – У вас отец не Желтович, и дед не Желтович. Но вы взяли их фамилию, чтобы иметь возможность выхода на Казимиру Станиславовну. Вы пытались убедить ее, что являетесь бедным инженером, и приезжали к ней на старых «Жигулях», тогда как на встречу с нанятой вами санитаркой вы приезжали вот на этом роскошном «Лендровере». Все доказательства будут против вас, господин Арвид Желтович. Я думаю, что вам грозит пожизненное заключение.

– Я не виноват, – закричал молодой человек, – я никого не убивал!

– Зачем вы наняли Вутко для слежки за своей родственницей?

– Казимира Станиславовна сама сказала, что хочет помочь мне. Я просто приезжал к ней.

Навещал ее, как родственник. А она сказала, что сможет помочь. И я согласился. Тогда она рассказала мне о том, что до революции ее дедушка положил в ячейку финского банка все их ценности. И теперь эти ценности лежат там же. Но теперь другие времена, и их можно вернуть, предъявив специальный шифр-код. Я был просто ошарашен. Вот тогда я и решил нанять санитарку, чтобы она информировала меня о всех намерениях моей старой родственницы. Вот и вся моя история. Потом я узнал, что Казимира Станиславовна решила все рассказать Генриетте Андреевне, а та собиралась проконсультироваться с нотариусом, чтобы получить доступ к этой ячейке. Но я не знал, что ее убили.

Дронго и Вейдеманис переглянулись. Если он действительно не знал, то след, который они отрабатывали, оказался ложным. Арвид был непорядочным родственником, интриганом и мошенником, но он не был убийцей или подстрекателем к убийству. И в таком случае поиски следовало начинать заново. И, по логике, он не должен был оказаться убийцей, так как в этом случае исчезал человек, за которым он уже установил наблюдение, и его родственница могла обратиться за помощью уже к другому пациенту или к врачу.

— Что находится в ячейке? — поинтересовался Дронго.

— Откуда я знаю, — огрызнулся Арвид. — Может, там золотые червонцы Николая Второго, а может, старые семейные фотографии. Я не могу точно знать это. Она сказала, что сумеет мне помочь, но не дала никакой разгадки к этой информации. Она хотела купить мне квартиру в городе, и я подумал, что в ячейке должно быть настоящее сокровище. Вы знаете, сколько стоит хорошая квартира в городе? Внучки сплавили ее сюда и даже не навещают. Только водитель младшей иногда приезжает сюда, книги или журналы привозит. Вот она одна тихо и умирает. Когда я появился, она так мне обрадовалась, просто ожила! Откуда мне знать, что ее внучка не звонит каждый день своей бабушке, а разговаривает с ней в лучшем случае раз в месяц?

— Вы могли на правах родственника указать ей на это.

— Какого родственника? Седьмая вода на киселе. Мы вообще никогда не виделись. Я только слышал о знаменитой фамилии, когда в шестнадцать лет мать предложила мне взять эту фамилию. Вот тогда-то она мне рассказала о том, кем были мой прадед и прапрадед. Выдающиеся люди. Только не всем так везло, как этой ветви Желтовичей. У них только одна неприятность — сын Казимиры Станиславовны разбился на испытаниях, уже когда генералом был и внучки еще маленькими были. А у нас все неприятности прямо подряд выпадали. И тогда, когда нашего прадеда расстреляли. И когда его девочек, мою бабушку в том числе, в Казахстан отправили на долгие двадцать лет. И когда моя мама не могла вернуться с этого поселения и замуж за прибалта вышла. И когда я остался в России делать свой бизнес, а моя мама и отец уехали в Ригу, где им тоже не очень легко.

До дефолта девяносто восьмого года я немного держался. Потом потерял все. Мне тогда только двадцать три года было. Потом я опять начал зарабатывать, постепенно поднимался. В прошлом году уже казалось, что все наладилось. И опять кризис, на этот раз мировой. Снова все цены упали, снова я потерял все свои деньги. Но еще хуже моим родителям пришлось. Сейчас в Риге вообще неизвестно что творится. И со дня на день они могут объявить государственный дефолт.

— И вы решили таким образом заработать?

Разжалобив старую родственницу? – понял Дронго. – Похоже, это вам удалось. Она лежит одна, внучки почти не появляются – и неожиданно к ней приезжает вот такой парень, как вы. Она безумно рада и решает помочь вам, тем более что ей наверняка рассказывают, на какой задрипанной машине вы приезжаете к ней.

– Это мое дело, на каких машинах мне ездить, – дернулся Арвид.

– Конечно, ваше. Только не совсем понятно, почему в хоспис вы приезжали на помятых «Жигулях», тогда как на свидание с Зинаидой вы спешили на таком роскошном внедорожнике. Или это тоже случайность, а не продуманная акция?

– Это наше семейное дело, – окончательно рассердился Арвид, – и никого не касается.

– Кому еще вы рассказывали о ценностях в финском банке? – спросил Дронго.

– Никому. Я же не идиот. Наоборот, я следил за тем, чтобы никто не оказался рядом с ней в последний момент, чтобы она дала этот код только мне.

– Прямо как в «Пиковой даме», – вспомнил Дронго, – хотя вы наверняка даже не знаете о таком персонаже в мировой литературе.

— Не считайте меня полным кретином. Только старуха тогда подвела Германна, и третья карта оказалась не тузом, а дамой пик.

— Ага, значит, хорошо помните. Напрасно вы пытались обмануть старую женщину. Она убеждена, что вы просто ангел, которого ей послало небо. Боюсь, что мне придется ее разочаровать.

— Зачем? — снова дернулся Арвид. — Только для того, чтобы я не получил причитающееся мне наследство? Наша семья и так натерпелась, настрадалась, пока эти Желтовичи жили в центре красивого города и по очереди становились генералами. И муж ее был генералом, и сын тоже. А внучки тоже хорошо устроились. Одна поехала в Америку и там нашла себе миллионера американского...

— Модельера, — поправил его Дронго.

— Модельера и миллионера, — повторил Арвид. — Даже не подумала о своей бабушке, когда отсюда уезжала. А вторая нашла домашнего миллионера. И еще какого! Самого вице-губернатора. Что им еще нужно? У них и так все есть. А у этой старой женщины только я и остался, только я о ней заботился и продукты привозил. И вот теперь вы садитесь в мою машину и говорите, что я виноват в убийстве Генриетты Андреевны. Как я мог ее убить? Каждое мое посещение фиксировалось в журнале, с момента прибытия до момента ухода! По минутам! И я бы не смог найти ее палату и потом убить ее. Это было бы невозможно.

– Не кричите, – поморщился Дронго. – По-вашему, если вы несколько раз навестили несчастную больную женщину, то имеете право ее ограбить? Вы ведь наверняка заплатили нотариусу деньги, чтобы он навсегда забыл дорогу в хоспис. И вы терпеливо ждали, когда наконец сможете узнать шифр, чтобы самому забрать все ценности. Я не думаю, что вы альтруистически решили поделиться с наследницами Казимиры Желтович.

– Конечно, нет. Они и так миллионерши, – зло заметил Арвид.

– Мы говорим на разных языках, – вздохнул Дронго. – Значит, сделаем так. Сейчас мы выходим из машины, и вы уезжаете. Учтите, что мы знаем номер вашего телефона и ваш адрес. Если с кем-то из тех, с кем вы контактировали, в ближайшие часы и дни произойдет что-то непредвиденное, то я гарантирую вам, что вы будете арестованы. Можете в этом не сомневаться.

– Вы ненормальный, – заявил Арвид, – я

повторяю вам, что никогда и никого не убивал. У меня и в мыслях такого не было. Если вы блефуете, то это очень опасный блеф. А если говорите правду, то тогда получается, что есть еще один неизвестный «родственник». Только в отличие от меня денег он нотариусу не дает и Зинаиду для наблюдения за Казимирой Станиславовной не нанимает. Он просто идет и убивает лишнего свидетеля, каковым оказалась Генриетта Андреевна. Значит, вы должны найти этого «нового родственника», а не меня.

Вейдеманис взглянул на Дронго. Было ясно, что он согласен с Арвидом. Дронго пожал плечами и первым открыл дверцу машины. Вторым вышел Эдгар Вейдеманис. Арвид быстро перебрался на свое место, включил зажигание и, осторожно выруливая, начал отъезжать. Когда он отъехал на достаточно большое расстояние, то дал длинный сигнал, словно выругав своих мучителей, резко со скрипом развернул машину и уехал.

– Вот так, – сказал Эдгар, – мы работали целый день и ничего не нашли. Вернее, уже два дня. Если считать со вчерашним днем. Тебе не обидно?

– Нет. Нужно быть готовым и к подобным

результатам. Но мы уже многое узнали. Человек, который вошел к Боровковой в палату, был ее знакомым, иначе она подняла бы шум. Он наверняка находится среди сотрудников или пациентов хосписа. Затем идем дальше. Он, возможно, сумел узнать тайну Желтович и тоже захотел ее скрыть. Но скрыть по-своему, чтобы Боровкова не могла обратиться за помощью к другому нотариусу. Это значит, что он боялся подобного ее поступка. А почему боялся? Почему решил ее убить? Хотел сам узнать шифр и воспользоваться этой возможностью.

– Тогда – кто? Мокрушкин, Димина, Зинаида Вутко? Или кто-то из пациентов? Кто мог совершить это убийство? – спросил Эдгар, не обращая внимания на усиливающийся дождь. – Может, это тот самый сторож, на которого мы пока не обращали пристального внимания? Может, стоит с ним переговорить отдельно. Или там был кто-то посторонний?

– Мы это узнаем, – твердо сказал Дронго, – и надеюсь, что уже сегодня. Не забывай, что именно сегодня письмо главного врача попадет в прокуратуру. Возможно, что уже завтра у нас не будет такой спокойной возможности проводить свое расследование.

Эдгар согласно кивнул. Они даже не подозревали, насколько Дронго окажется прав и что уже сегодня вечером они посмотрят в глаза убийце Генриетты Андреевны Боровковой.

Глава 18

Вместе с Дмитрием они вернулись обратно в хоспис. Дождь усиливался, где-то вдалеке гремела гроза. Дронго и его друг сидели в кабинете Евсеева. На часах было около пяти вечера.

– Давай подведем итоги, что у нас есть, – предложил Дронго. – Итак, будем считать всех, кто мог так или иначе подняться к Боровковой. Трое мужчин – Угрюмов, Бажич и Мишенин. У двоих есть алиби. Радомиру было так плохо, что ему сделали сразу два укола. После такой встряски он не смог бы подняться. Мишенин принял снотворное. Он вообще каждую ночь пьет снотворное. А вот Угрюмова видели, он не спал. И он сам рассказал мне, что не спал. Только учти, что Боровкова перед ним извинилась. Вот это момент важный, мы на нем еще остановимся.

Теперь женщины. Витицкой было совсем плохо, она вернулась из города, закатила истерику. Ей тоже сделали укол, и она спала. Остаются пять женщин – Ярушкина, Шаблинская, Забелло, Желтович и Кравчук. Одна из них могла подняться наверх и войти в палату Боровковой. Но вот здесь важный момент. Тамара Рудольфовна сказала мне, что Боровкова спала очень чутко и сразу бы услышала, что к ней кто-то входит.

– Может, ей сделали укол и она не обращала внимания на посетителей? – предположил Эдгар.

– Не может. Ты видел, какие тапочки были на ногах у Зинаиды. Так вот, Генриетта Андреевна просыпалась, даже когда к ней входила Зина в таких тапочах. Значит, действительно очень чутко спала. Тогда получается, что Забелло права. Боровкова ни при каких обстоятельствах не подпустила бы к себе чужих. И Угрюмова бы не подпустила наверняка. Хотя она перед ним и извинилась. Но насторожилась бы, увидев, что он входит в ее палату.

– Согласен, – кивнул Вейдеманис. – Тогда получается, что убийцей была женщина.

– Или кто-то из персонала, – добавил Дронго. – Давай дальше. Саму Тамару Рудольфовну можно исключить наверняка. Они не ладили, и об этом все знали. Тогда кто остается?

Кравчук все время в крайне неуравновешенном состоянии; говорят, что она все время плачет по ночам. Если бы она вошла в палату к Боровковой, та просто испугалась бы. Представь, какие изменения происходят с Кравчук при ее болезни. Значит, она тоже отпадает. Ярушкина и Шаблинская никогда особенно не дружили и не любили Боровкову. Они тоже вызвали бы ее подозрение своим появлением среди ночи. Тогда остается только один человек: Казимира Станиславовна Желтович, которой Боровкова безусловно доверяла и не могла ее ни в чем заподозрить.

— Убийца в таком возрасте? Зачем? Для чего?

— Возможно, она пожалела, что проговорилась насчет финского банка. Возможно, хотела сама все устроить и избавиться от опасной подруги. Она поднялась по лестнице, вошла в палату. Генриетта Андреевна спокойно встретила ее, ведь они знали друг друга много лет. Она подошла к кровати и взяла подушку. Дальше все было просто.

— Она может ходить?

— Иногда даже ходит в столовую. Она мне сама об этом рассказала. Вот тебе первый кандидат, который не вызвал бы никакого подозрения у погибшей. Второй кандидат – Зинаида Вутко. Все-таки именно она обнаружила тело погибшей. И у нее было время убить женщину. Если с Арвидом мы ошиблись, то тогда все нормально. А если не ошиблись? Если он заплатил Зинаиде гораздо больше денег, чтобы она решила все его проблемы с этой опасной свидетельницей? И Зинаида вошла в палату, взяла подушку и решила все его проблемы. Такое возможно?

– Ты же видел эту молодую женщину. Она и без того напугана. Если бы она совершила убийство, то не стала бы сдавать нам Арвида.

– А если она сделала это намеренно, чтобы еще раз, шантажируя богатого клиента, вытащить из него деньги?

– В таком случае у нее должно быть изощренное сознание, которого я у нее не наблюдал.

– Я тоже, – согласился Дронго. – Тогда остаются трое: Мокрушкин, Димина и сторож Асхат. Сторожа можно сразу убрать. Его появление в палате вызвало бы панику не только у погибшей. Она бы сразу нажала кнопку тревожного вызова. Остаются двое. Мокрушкин и Димина. Мокрушкин отчаянно нуждается в деньгах, у него семья. Димина более спокойная, целеустремленная, собранная. Если бы я выбирал себе помощника, то остановил бы свой выбор именно на ней, а не на нем. Она более решительный и сильный человек.

— Мокрушкин не стал бы убивать в свою смену, — возразил Эдгар, — он ведь врач и понимал, что любое убийство могут рано или поздно раскрыть, особенно в закрытом лечебном учреждении, где ночью он единственный врач.

— Есть еще один момент в его пользу. Правда, косвенный, но очень важный. Именно он рассказал Клинкевич о том, куда и зачем перевозят тело Боровковой. Если бы он был убийцей, то любым способом постарался бы замять этот скандал и ни при каких обстоятельствах не стал бы рассказывать о нем Светлане Тимофеевне.

— Тогда у нас нет подозреваемых, кроме Казимиры Желтович, — подвел неутешительный итог Вейдеманис, — а ей меньше всего хотелось бы убить единственного человека, которому она доверяла.

— Человека, которому она доверяла, — задумчиво повторил Дронго. — Давай сделаем так. Я поднимусь наверх и постараюсь немного поработать в Интернете. Мне нужно получить некоторые дополнительные сведения. А ты позови водителя и завхоза. Расскажи им, что сегодня вечером должен приехать нотариус из города, который будет оформлять документы Казимиры Желтович. Пусть они подготовятся. Сразу после ужина он здесь появится. И самое главное: пусть уберут Желтович из ее одноместной палаты и переведут куда-нибудь в другое место. Но так, чтобы об этом никто не знал. Ни один человек. Я даже думаю, что будет лучше, если ты сам перевезешь ее вместе с Федором Николаевичем. Вот, послушай мой план...

Он начал рассказывать. Вейдеманис слушал, одобрительно кивая головой. Затем усмехнулся:

— Опасный план, но может сработать. Если, конечно, мы все сделаем правильно.

— Это уже зависит от нас, — сказал Дронго, — значит, нужно сделать все так, чтобы поймать убийцу уже сегодня.

— А если мы снова ошибаемся и убийцей был неизвестный нам человек, который сумел войти с улицы и подняться на второй этаж? — предположил Эдгар.

— Я не верю в неизвестного убийцу, — возразил Дронго, — он не сумел бы пройти ворота, обмануть нескольких их псов, пройти под камерами через весь сад и войти в здание, чтобы его никто не заметил. Это невозможно. Убийцей был кто-то из своих. Тем более что она действительно не позвала на помощь и не подала сигнала. Значит, нам нужно искать среди тех, кого мы считаем невиновными. Очевидно, в наших расчетах есть ошибка. Нужно подумать и суметь вычислить возможного преступника.

— Тогда примем твой план, — согласился Вейдеманис, — и посмотрим, что из этого получится.

Они еще не знали, как опасна эта затея и чем закончится сегодняшний вечер. Вейдеманис отправился искать завхоза и водителя. Они уже знали, что основная масса информации и все местные сплетни исходят именно от них.

Дронго поднялся в кабинет главного врача. Степанцев сидел за столом, работая с бумагами. Увидев Дронго, он снял очки, устало помассировал переносицу.

— Дима сказал, что вы уже вернулись, — сообщил он. — Можете меня поздравить: наша местная «фурия» наконец написала заявление. Просит освободить ее по собственному желанию. Я предложил ей уволиться переводом в любое другое место, но она сама отказалась. Не хочет быть ничем обязанной мне. Я ее понимаю.

– В таком случае вас действительно можно поздравить, – кивнул Дронго. – У меня к вам просьба: можно я поработаю за вашим компьютером? Мне нужно войти в Интернет и просмотреть некоторые сообщения. Получить нужную информацию.

– Компьютер к вашим услугам, – кивнул Степанцев, – если я вам мешаю, то могу выйти отсюда.

– Нет, – улыбнулся Дронго, – совсем наоборот. Возможно, в процессе работы мне понадобится ваша помощь.

Он подсел к компьютеру. Степанцев заинтересованно смотрел на него.

– Извините, что я вас отвлекаю, – не очень решительно сказал он, – но Дима рассказал мне, что вы нашли какого-то дальнего родственника Казимиры Желтович, который и организовал убийство Генриетты Андреевны. Но вы его почему-то отпустили. Это верно?

– Разумеется, нет. Ваш Дима – гениальный сплетник. Он видит и слышит совсем немного, но зато умело додумывает остальное. Родственник у Казимиры Станиславовны действительно есть. И он даже подкупил одну из ваших санитарок, чтобы она сообщала ему о состоянии здоровья его дальней родственницы.

– Он так за нее переживает? Это достойно похвалы.

– Он переживает за ее деньги. Причем санитарка должна была следить не только за самой Казимирой Желтович, но и за Боровковой, которой Желтович доверила свою тайну.

– Какую тайну?

– Семейная тайна Казимиры Желтович. У них, оказывается, есть своя банковская ячейка в финском банке. Конечно, во времена Советского Союза об этом нельзя было даже вспоминать. Но сейчас она об этом вспомнила и решила предъявить свои претензии на это наследство. Тем более что там не будет никаких особых трудностей. Нужно только правильно указать шифр-код для доступа к ячейке.

– Что они там хранили?

– Не знаю. Это их семейная тайна.

– Понятно. Сокровища семьи Желтович. Все ясно. Но при чем тут ее родственник?

– Он хотел выступить в роли основного наследника. Ведь она давно решила отказать в наследстве этого имущества своим внучкам, которые так и не нашли времени, чтобы ее навестить.

— А в чем криминал?

— В результате его действий была убита Генриетта Андреевна, я в этом абсолютно убежден. Возможно, он, сам того не подозревая, спровоцировал это преступление. Но в любом случае он имеет отношение к тому, что здесь происходит.

— Что я должен сделать?

— У нас появился план, и вы должны помочь нам. Если, конечно, мы все правильно рассчитали.

— Говорите, — заинтересовался Степанцев, — что я должен делать. И учтите, что в шесть часов вечера наши врачи и санитарки начнут покидать хоспис и мы останемся здесь одни. Сегодня дежурит Людмила Гавриловна Суржикова.

— Так даже лучше, чтобы не было мужчин, — сказал Дронго, взглянув на часы. — И учтите, что о нашем плане не должна знать ни одна живая душа.

— Не узнают, — пообещал Степанцев, — я все сделаю так, как вы сказали.

— У вашего сторожа есть ружье?

— У Асхата точно есть. А почему вы спрашиваете об этом?

— Пусть спрячет его. Чтобы сегодня здесь

не было никакого оружия, которое может выстрелить даже случайно. Поэтому отдавайте ваши распоряжения, а я постараюсь найти нужную мне информацию в Интернете.

Степанцев кивнул и стремительно вышел из своего кабинета. Дронго углубился в работу. Чем больше он узнавал, тем напряженнее становилось его лицо. В какой-то момент он просто замер перед монитором.

— Не может быть, — ошеломленно прошептал Дронго, — этого просто не может быть. Тогда получается, что мы все так глупо ошибались.

Он снова начал стучать по клавишам. На часах было около шести вечера. Сейчас отсюда начнут уезжать врачи и санитарки. Эксперт продолжал работать, когда дверь в кабинет открылась и на пороге появился Вейдеманис. Несмотря на бахилы и белый халат, вид у него был довольно странный, слегка растрепанный.

— Позвонила Зинаида, — устало выдохнул он, — говорит, что пять минут назад ей звонил Арвид и тут же начал кричать на нее.

— Укоряет ее в предательстве?

— Нет, хуже. Говорит, что она не только предательница, но и гулящая женщина, которая получает деньги со всех сторон. Она позвонила из дома и плачет, рассказывая мне о его словах.

– Подожди, подожди. В чем именно он ее обвиняет?

– Он уже знает все, о чем мы говорили с водителем и завхозом. Можешь себе представить? Он накричал на Зинаиду, которая вообще ничего не знает, так как мы оставили ее дома. И сказал, что сейчас срочно едет в хоспис. Вот такие дела.

– Но этого не может быть, – убежденно произнес Дронго, – она не могла ничего знать. Мы только час назад придумали свой новый план.

– Значит, узнала. Либо водитель, либо завхоз рассказали ей об этом.

– А кто рассказал это самому Арвиду? Нет, тут что-то опять не сходится. Откуда он мог узнать все детали нашего плана? И так быстро... Если произошло то, о чем я думаю, то Арвид оказался гораздо умнее нас всех. Он купил не только Зинаиду Вутко. Он умудрился купить еще и другого человека, который столь оперативно сообщил ему о готовящихся событиях. И поэтому он сейчас мчится сломя голову в хоспис.

— Что будем делать? — спросил Вейдеманис.

— Ждать. Если наш план сработает, то уже сегодня вечером мы узнаем имя убийцы. А заодно выясним, кто еще работает на Арвида среди нашего персонала или пациентов. Боюсь, что я уже знаю ответ на этот вопрос.

— В таком случае поделись своими выводами, чтобы и я знал этого человека.

Дронго назвал имя. Вейдеманис покачал головой.

— Это и есть убийца? — уточнил он.

— Нет, это второй осведомитель. С убийцей все слишком запутанно; но, кажется, иногда Интернет способен давать маленькие подсказки — как раз в подобных случаях. Садись рядом, и я покажу тебе кое-что интересное.

Он начал щелкать «мышкой», позволяя Эдгару читать сообщения, которые он выделял. Через несколько минут он закончил и посмотрел на своего помощника.

— Все это впечатляет, — признался Вейдеманис. — В таком случае кто все-таки убийца?

— Вот здесь и кроется вся разгадка, — улыбнулся Дронго. — Теперь остается связать все, что мы знаем, в один узел. И повязать им настоящего убийцу.

Глава 19

На часах было около восьми часов вечера. Только недавно закончился ужин, и все пациенты разошлись по своим палатам. Радомира уже перевели наверх и подключили к аппаратуре. Врачи опасались, что изменения в структуре мозга уже затронули его память и он не сможет восстановиться после последнего приступа. Степанцев задержался, чтобы лично просмотреть результаты сканирования мозга вместе с Людмилой Гавриловной. В эту ночь должны были дежурить две санитарки из Николаевска, но Клавдия Антоновна предложила одной из них уехать, чтобы остаться вместо нее, пояснив, что не сможет дежурить через два дня. Разумеется, молодая женщина согласилась.

Димина сидела в комнате санитарок, когда туда вошел Дронго. Она медленно поднялась ему навстречу.

— Сидите, — кивнул Дронго. — Сегодня у нас день истины. Я могу узнать, почему вы решили остаться вторую ночь подряд?

— Так получилось, — не очень охотно сказала она.

— Неправда, — возразил Дронго, — так не получилось. Вы нарочно остались, поменявшись с другой санитаркой.

— У меня домашние дела на послезавтра, когда будет моя смена.

— И опять неправда. Нет у вас никаких дел. Просто нужно отчитаться перед человеком, который вам вместе с Зиной платит деньги.

— Откуда вы знаете? — свистящим шепотом произнесла она. — Кто вам сказал?

— Догадался. Сначала вы забыли рассказать мне о том, как Боровкова извинилась перед Угрюмовым. О скандале рассказали, а об этом ни слова.

— Я не знала, что он извинился.

— Опять ложь. Вы все прекрасно знали. Ярушкина вам лично все рассказала. А она стояла в коридоре и сама слышала, как Генриетта Андреевна извинялась перед Угрюмовым.

— Может, так все и было. Я не помню, — мрачно ответила Клавдия Антоновна.

— Все вы отлично помните. И нарочно не сказали мне об этом, чтобы я мог подумать на Угрюмова. И насчет Зиночки вы тоже солгали. Ведь вы специально пошли проверить, от чего умерла Боровкова, так как получали деньги вместе с Зиной от родственника Казимиры Желтович.

— Это неправда.

— Это правда. Я даже думаю, что он сначала

предложил деньги вам, а уже потом Зине, чтобы вы вдвоем ему все гарантировали. Всю поступающую информацию. А теперь помолчите и не перебивайте меня. Вы действительно пошли смотреть тело Боровковой уже после того, как было принято решение о его передаче в городской морг. Я еще тогда удивился: зачем? Для чего? Какая вам разница? Потом понял. Вам нужна была информация, которой вы торговали, выдавая ее Арвиду. Но про убийство Боровковой вы не сказали – побоялись, что спугнете молодого человека. И поэтому не сказали об этом ни Мокрушкину, ни Зине, хотя обязаны были сказать это.

Она молчала, глядя куда-то в сторону.

– Дальше – больше, – продолжал Дронго. – Сегодня мы убедили Зинаиду помочь нам в розысках Арвида и преуспели в этом. Она вызвала его к своему дому, и мы с ним переговорили. Но меня не покидало ощущение, что он знает гораздо больше, чем ему могла рассказать ваша молодая протеже. И тогда мы решились на такой забавный эксперимент: объявили всем, что Казимира Станиславовна пригласила на восемь часов вечера нотариуса, с которым хочет побеседовать. Вы знаете, что самое смешное? Зинаида в это время сидела дома, и Арвид

10-4598

сам позвонил ей, обвиняя ее в том, что она вовремя его не предупредила. Но она не могла предупредить, ведь она же была дома и ничего не знала.

— Ну и что?

— Его могли предупредить только вы. Позвонить ему и сообщить об этом нотариусе. Он уже второй час стоит у наших ворот и ждет в своей машине под проливным дождем, когда здесь появится нотариус. Это ваша работа, Клавдия Антоновна.

— Что плохого я сделала? — рассудительно спросила пожилая санитарка. — Только пугать их не захотела, сказав, что Боровкову убили. Да и не мое это дело было — такое говорить. А насчет Арвида... Он приезжал к несчастной Казимире Станиславовне, фрукты привозил, соки. Очень беспокоился за нее. Деньги давал. И мне давал, и Зине давал. Ну и что? Мы бы все равно за ней смотрели. И ему рассказывали, как она себя чувствует, с кем говорит, с кем встречается. Что здесь плохого? Она же не президент какой-нибудь, чтобы о ней рассказывать было нельзя.

— Ну, в этом вас как раз никто не обвиняет, — устало сказал Дронго. — Значит, вам он тоже деньги платил?

— Платил, не буду отрекаться. И я все нормально делала. За его родственницей как за родной ходила и смотрела как нужно. Он за дело платил, а не за мой язык.

— Ясно. Вы ему сегодня вечером позвонили?

— Конечно, позвонила. Сказала насчет нотариуса. Тот, который раньше приезжал, был наш, местный. Аркаша Изверов. Мы все его знаем. Денежку он любит и на руку нечист. Поэтому я сразу сказала Генриетте Андреевне, что напрасно она его позвала. Только меня не послушали. Но он больше сюда не приезжал.

— О нем вы тоже Арвиду рассказывали?

— Да, рассказывала, врать не буду.

— Ясно, — Дронго повернулся и вышел из комнаты. Взглянул на часы. Уже девятый час. Неужели Арвид все еще дежурит под дождем?

Он вышел на улицу. Дождь хлестал так, словно бил из пожарного рукава, буквально сбивая с ног. Дронго снял бахилы, халат, надел плащ и поспешил к соседнему дому, где дежурил сторож. Это был второй сторож, который недоуменно взглянул на гостя.

— Это про вас мне Федор Николаевич говорил? — наконец вспомнил он.

— Да, — кивнул Дронго. — Откройте ворота, мне нужно выйти и посмотреть.

— Без машины выйдете, — не поверил сторож, — в такую погоду?

— Да, — ответил Дронго, — мне машина не нужна.

Он подошел к воротам и подождал, пока они медленно откроются. Вышел на улицу, огляделся. Метрах в двадцати стояла машина. Он подошел ближе. Увидел, как из автомобиля вылезает Арвид, внимательно глядя на расплывающуюся под дождем фигуру. Он не узнал Дронго в плаще и шляпе и шагнул ближе.

— Вы нотариус? — крикнул он, стараясь перекричать шум дождя. — Где ваша машина? Если хотите, я отвезу вас в город.

— Вы все еще не можете успокоиться, Арвид, — крикнул ему в ответ Дронго. — Неужели вы так ничего и не поняли? Мы хотели выяснить все до конца и поэтому придумали эту сказку с нотариусом. Никакого нотариуса у нас нет и сегодня не будет. Можете возвращаться в город.

— Идите вы к черту, — закричал изо всех сил разозлившийся Арвид, — ничего у вас все равно не получится! Даже если там еще когонибудь убьют. Она обещала мне все эти ценности, и я их получу. Вы слышите, я все равно их получу, даже если мне придется дежурить у ворот вашего хосписа еще тысячу лет.

— Вы можете заболеть из-за своей жадности, — усмехнулся Дронго. — Вы же не бедный человек. Зачем вам все это нужно?

— Я их получу, — упрямо повторил Арвид, усаживаясь в машину.

Мотор взревел, и внедорожник проехал мимо, обдав Дронго водой из огромной лужи. Машина, набирая скорость, понеслась в сторону города. Дронго покачал головой и вернулся обратно. Ворота медленно закрылись.

«Люди действительно готовы сходить с ума из-за любой возможности стать немного богаче, — с огорчением подумал сыщик. — Даже если там действительно большие ценности, неужели все это стоит таких мучений? Он действительно готов дежурить сутками у хосписа только для того, чтобы получить код этой банковской ячейки и забрать ценности, которые, по большому счету, ему даже не принадлежат».

Дронго пошел обратно в дом. Теперь нужно снять промокшую одежду. Не только плащ, но и пиджак промок до основания. Он снял обувь, надел бахилы прямо на носки. Повесил плащ и пиджак, надел халат на рубашку. Прошел дальше. Увидел, что навстречу ему идет Клавдия Антоновна. Завидев его в таком виде — без обуви, — она покачала головой.

— Пол у нас в коридоре холодный. Нельзя без обуви, — убежденно сказала она. — У нас тапочки есть для пациентов. Какой у вас размер?

Он заколебался. Надевать тапочки пациента было дурным знаком. Ему не хотелось показывать своего страха перед санитаркой.

— Чистые тапочки, — сказала она, улыбнувшись. — Не бойтесь. Ничего с вами не случится.

— Тогда давайте, — согласился он, — у меня сорок шестой размер.

— Ну и ноги, упаси господи, — пробормотала она. — Правда, сорок шестой?

— Конечно, правда.

— У нас самый большой сорок пятый. Пойдет?

— Лучше, чем ничего. Давайте, я как-нибудь надену, — согласился он.

Она отправилась за тапочками. В столовой повара уже убирали посуду. Они должны были уйти с минуты на минуту. Ужин давно закончился. Дронго надел тапочки, посмотрел на часы. Скоро здесь станет совсем тихо.

Через некоторое время в коридоре действительно воцарилась тишина. Санитарки прошли в свою комнату, дежурный врач поднялся к себе, машина главного врача уехала в половине девятого. Все было как обычно. Только из палаты Шаблинской и Ярушкиной доносились веселые голоса: по телевизору показывали какую-то комедию.

В этот момент в коридоре появился человек, который уже совершил преступление несколько дней назад. Этот человек был абсолютно убежден, что сейчас все пройдет гладко. Он оглянулся по сторонам — тихо. В коридоре — никого. Убийца двинулся дальше, направляясь к последней палате. Перед тем как войти в нее, он снова настороженно огляделся. И мягко, крадучись вошел в палату.

— Казимира Станиславовна, вы не беспокойтесь, это я... — Голос убийцы немного вибрировал. Сегодня он собирался совершить второе преступление.

Убийца подошел ближе. Женщина лежала на кровати, как обычно накрывшись одеялом чуть ли не с головой. Она немного пошевелилась, очевидно, узнав человека, который вошел в ее палату.

— Не бойтесь, — сказал убийца, — все уже давно отдыхают. Я пришел к вам по нашему делу. Думаю, что смогу найти нужного человека, чтобы проверить в Финляндии, что именно находится в вашей ячейке. Но для этого мне нужен код.

Убийца подошел ближе. Женщина снова слегка пошевелилась.

— Код, — повторил убийца, — вы меня слышите, Казимира Станиславовна, мне нужен код.

Ответом ему было молчание. Он сжал зубы. Все равно он сегодня добудет этот код, даже если ему придется выбить ей все зубы.

— Код, — наклонился он к ней, — скажи мне код.

И в этот момент за его спиной кто-то включил свет. Он вздрогнул, отпрянул в сторону, растерянно глядя на человека, сидевшего за столом. Тот был в смешных мягких тапочках и в белом халате. Это был Дронго.

— Добрый вечер, — сказал он. — У Генриетты Андреевны вы не спрашивали кода. Вы просто задушили ее как ненужного свидетеля. А сегодня пришли любым способом узнать код.

— Откуда вы знали, что я сюда приду? — озлобленно спросил убийца.

Дронго поднялся со стула.

— Несколько мелких ошибок, которые вы

совершили, так или иначе сработали против вас, Константин Игнатьевич.

Это был Мишенин. Он стоял в своем спортивном костюме, выпрямившись и глядя ненавидящими глазами на эксперта.

– Какие ошибки? – прохрипел он.

– Обычно вы принимаете снотворное и спокойно спите до утра. Это обстоятельство отмечали все, с кем мы говорили. Но в тот вечер вы его, очевидно, не приняли. И знаете, как я догадался об этом? Вы слышали телевизор у Шаблинской и Ярушкиной, вы видели не спавшего Угрюмова, который ходил по коридору. Каким образом вы могли его видеть, если бы приняли в тот вечер снотворное? Радомир не мог выдать вас, так как был в плохом состоянии. А когда входила санитарка, вы поворачивались лицом к стене и делали вид, что спите. Это во-первых. Затем вы не сказали мне, что Боровкова извинилась перед Угрюмовым за свой нервный срыв. Я разговаривал со многими, и все вспоминали эту безобразную сцену в столовой. Но все говорили и об извинениях Боровковой. Все, кроме вас и Клавдии Антоновны. Я уже выяснил, почему именно она скрыла от меня этот факт. У нее были причины не говорить мне всей правды. Но и вы не сказали мне этого. И тогда я задал себе вопрос: почему вы не хотите говорить мне всю правду? Или вам выгоднее, чтобы подозрение частично падало на Угрюмова?

— У вас все? — презрительно спросил Мишенин.

— Нет, не все. Мы поняли, что убийцей должен быть человек, которому Боровкова безусловно доверяла, а вы были одним из очень немногих, кто был с ней в прекрасных отношениях. Очевидно, она и Казимира Станиславовна решили доверить вам тайну банковской ячейки в Финляндии, учитывая ваш предыдущий опыт. И рассказали вам об этом, фактически подписав себе смертный приговор. Сначала вы убрали Боровкову. Вы вошли в палату, и, возможно, она даже проснулась. Но женщина видела перед собой милого, интеллигентного, воспитанного человека, который подходил к ней, чтобы узнать, как она себя чувствует. Затем вы взяли подушку, а остальное было не так уж и сложно.

Мишенин слушал молча, даже не пошевелившись.

— Но вам нужно было узнать код ячейки. И поэтому вы так любезно и настойчиво продолжали обхаживать Казимиру Станиславовну, уже подозревая, что у вас есть конкурент в лице ее родственника. Сегодня мы решили разыграть свою партию, объявив всем, что вечером приедет нотариус, которому Казимира Желтович все расскажет. И тогда вы поняли, что ждать больше нельзя. Поэтому сегодня вы решили любым способом получить код, чтобы навсегда покинуть этот гостеприимный дом.

– Вранье, – прохрипел Мишенин, – все ложь и вранье. У вас нет никаких доказательств.

– Есть, – возразил Дронго. – У нас есть прямые и конкретные доказательства вашего преступного умысла. Несколько дней назад в посольстве Финляндии за вас кто-то получил шенгенскую визу. Очевидно, для того, чтобы вы могли спокойно выехать туда. Затем дальше. Я вышел на сайт вашей бывшей компании и легко обнаружил, что вы были уволены за дискредитирующие вас факты. Вы растратили больше четырех миллионов долларов и на тот момент, когда обнаружилась ваша болезнь, были уже уволены. Деньги на первую операцию вы нашли. На вторую их уже не было. Именно поэтому вы сделали все, чтобы попасть сюда и попытаться хоть как-то продлить свое существование. Хотя я признаю, что ваша болезнь просто ужасна. Но и попав сюда, вы не успокоились. Когда Генриетта Андреевна рассказала вам об этой почти забытой банковской ячейке, вы решили, что это ваш шанс. И убрали ее, чтобы самому узнать код у Казимиры Желтович. Все было рассчитано правильно, кроме одного. Моего появления здесь.

— Ну, тогда пусть эти деньги не достанутся никому! — зло крикнул Мишенин, бросаясь на лежавшую перед ним женщину. Дронго остался стоять на месте. В последний момент одеяло откинулось, и вместо Казимиры Желтович в кровати оказался Эдгар Вейдеманис. Он перехватил руку убийцы, легко отводя ее в сторону. От неожиданности и изумления Мишенин застонал. Он уже понял, что окончательно проиграл эту партию.

Вместо эпилога

— Вы провели свое расследование просто блестяще, — говорил на прощание Степанцев. — Я даже не мог подумать на него. Он казался нам интеллигентным, образованным, порядочным человеком. И вот — такая метаморфоза.

— Трудно все время притворяться интеллигентным человеком. Даже невозможно. Достаточно было прочитать в Интернете его биографию, чтобы все сразу понять. Но мы часто не вникаем в такие подробности, предпочитая верить людям, — грустно сказал Дронго.

— Должен вам сказать, что он напрасно так суетился, — признался Федор Николаевич, — спасти его не может даже чудо. Если он даже найдет миллион долларов и заменит себе обе почки на донорские. Они уже не смогут нормально функционировать в автономном режиме. В лучшем случае — еще несколько месяцев с подключенными аппаратами, а потом все равно конец. Неужели он надеялся на эти деньги?

– Очевидно, да. Он ведь растратил большую часть не только служебных денег, но и своего личного состояния. Именно поэтому и попал к вам.

– Но как вы смогли все так быстро вычислить?

– Помог в какой-то мере Арвид. Если этот молодой человек продумал такую тщательную операцию, чтобы получить доступ к наследству своей родственницы, то почему подобную аферу не мог сотворить и кто-то постарше? Становилось ясно, что у Арвида есть серьезный конкурент. Это должен быть человек, которому безусловно доверяли Генриетта Андреевна и Казимира Станиславовна, человек, который сумеет получить визу в Финляндию, знает банковские правила и сумеет открыть банковскую ячейку при наличии кода. Таким критериям отвечал только Мишенин. Оставалось проверить его компанию и выяснить реальное положение дел. Вот, собственно, и вся разгадка. Он честно признался мне, что даже не думал о другой операции, понимая, что время упущено. Ему хотелось в какой-то мере восстановить свое реноме, вернуть часть денег, обеспечить свою семью, которую он фактически разорил. Мотивы были самые благородные, если, конечно, верить ему. А вот способ их достижения... Впрочем, он не раскаивается. Он даже сказал мне, что помог Боровковой избежать ненужной боли и осложнений, неизбежных при ее болезни. Ну, это как посмотреть. Думаю, лично она возражала бы против такой постановки вопроса. Но этого мы уже никогда не узнаем. Меня интересует другое: что теперь с ним будет?

— В прокуратуре мне сказали, что его не будут привлекать к уголовной ответственности, — пояснил Степанцев. — Ему осталось жить несколько месяцев, он все равно не доживет до суда. Но мы переводим его в обычную больницу, где он будет лежать в палате на восемь человек. Для него это самое страшное наказание. Боюсь, что он просто не сможет находиться там долго. Но это тот случай, когда человек сам выбрал себе судьбу.

— Да, — печально согласился Дронго, — похоже, вы правы. Если бы он узнал, где все это время находился код ячейки, который он искал, ему стало бы совсем плохо. Он записан на фотографии сына Казимиры Станиславовны. На самом деле тот получил звание генерала только спустя три года после той даты, которая стояла на фотографии. А числа означали код, который она никогда бы не забыла — ведь он был записан на фотографии ее сына.

Дронго немного замешкался, словно не решаясь произнести следующую фразу, и наконец изрек:

– У меня будет к вам большая просьба. Я хочу провести один выходной день в вашем учреждении. Желательно – воскресенье.

– Можете приезжать в любое время, – предложил Федор Николаевич, – вы нам так помогли.

– Вы не поняли, – сказал Дронго, – мне нужно ваше согласие на Воскресенье. Именно так, с большой буквы. На праздник, который я хочу устроить. Только попав сюда, осознаешь насколько ничтожна твоя собственная жизнь и как легко все может измениться.

– Что вы хотите сделать?

– Это будет мой сюрприз, – улыбнулся Дронго. – В конце концов, я должник ваших пациентов. Почти два дня мы их мучили, допрашивали, Витицкую я даже толкнул. Хочу получить отпущение грехов, как это принято у христиан. Вы разрешите мне это сделать?

– Пожалуйста. Но я не совсем понимаю, что именно вы хотите.

– Тогда я начну вам рассказывать, – предложил Дронго...

Это было воскресенье. Тот самый выходной день, который наступает поздней весной, когда набухают почки, поют птицы и устанавливается чудесная солнечная погода. Еще не совсем летняя, но уже и не весенняя. Это был день, когда Дронго собирался отдать все долги. Это был день, который он готовил все предыдущие две недели, не жалея ни сил, ни средств.

В это необычное утро Федор Николаевич Степанцев разрешил всем пациентам, кто мог держаться на ногах, выйти и занять свои места на скамейках, словно в театре, перед началом самого интересного спектакля в их жизни. На первой скамейке уселась Шаблинская, успевшая привести себя в порядок и сделать настолько элегантную прическу, что было непонятно, как можно было обойтись без помощи профессионалов, чтобы создать подобный «ансамбль» из ее уже редких волос. Ярушкина, которую подруга заставила переодеться в праздничное платье, словно предчувствуя, что́ именно здесь произойдет, все время улыбалась. Она была тоже красиво причесана. Рядом с ними сидел Угрюмов. Ему нестерпимо хотелось курить, но он сдерживался, памятуя о том слове, которое дал главному врачу. Сегодня он был тщательно выбрит и подстрижен.

На другой скамейке расположились Эльза Витицкая и Казимира Станиславовна, которая впервые за последние месяцы вышла из дома. Она куталась в накидку, которую ей подарил

Дронго, и улыбалась яркому солнцу, подставляя лицо солнечным лучам. Ее жидкие волосы не поддавались никакой прическе, и поэтому она была в немыслимой шляпке, которую носили модницы в пятидесятые годы прошлого века. Витицкая была в элегантном зеленом платье, волосы спадали на спину.

Последней вышла Тамара Рудольфовна. Строгая прическа, уверенный взгляд, ровный шаг. Даже врачи и санитарки, столпившиеся вокруг скамеек, изумленно ахнули, увидев ее выходящей из здания хосписа. Она надела свой лучший серый костюм в полоску и нацепила все свои ордена и медали. Оказывается, они были все время с ней, в ее небольшом чемоданчике, который она всегда держала при себе. Ярко светилась звезда Героя Социалистического Труда, чуть ниже размещался целый иконостас орденов и медалей. У нее было не четыре, а одиннадцать орденов и медалей. Она вышла из дома, гордо подняв голову, и, пройдя к скамейке, уселась рядом с Казимирой Станиславовной. В этот день она была не пациенткой хосписа, приговоренной к медленному угасанию от тяжелейшей болезни. В этот день она была тем самым Героем, о котором рассказывали легенды на ее комбинате, тем самым депутатом, пробивавшим квартиры и детские сады, ясли и больницы для жителей своего района; тем самым директором, который выполнял планы уже забытых пятилеток за три года. Было видно, что ей приятно то внимание, которое ей уделяли остальные.

Никто не мог даже предположить, что в этот день рано утром Вейдеманис привез в хоспис сразу двух парикмахеров. И женщины сегодня выглядели как никогда красивыми и ухоженными, словно сама болезнь решила отступить, на время уступая место жизни.

Первой к дому подъехала белая «Волга». Из нее вышли сразу несколько человек. Это были пожилые люди, каждому из которых было не меньше семидесяти. Они дружной толпой двинулись к зданию хосписа, улыбаясь поднявшейся им навстречу Ярушкиной.

– Это вы? – не верила она своим глазам. – Вы все приехали ко мне?

Это были бывшие сослуживцы ее мужа и их семейные друзья. Они обступили Елену Геннадьевну, обнимая и целуя женщину, которая была не в силах от нахлынувших чувств что-либо произнести. Она только улыбалась сквозь слезы и благодарила приехавших.

Затем подъехала следующая машина. Это

был огромный внедорожник, из салона которого вышли режиссер, оператор и ведущая известной программы. Они подошли к Эльзе Вилицкой, пояснив, что собираются сделать специальную передачу о ведущей, которая даже в таких невероятных условиях сумела остаться красивой женщиной и мужественным человеком. Эльза взглянула на них, посмотрела на стоявшего в стороне Дронго и заплакала от счастья. Поверить в подобное было почти невозможно.

Третьей машиной, которая въехала через ворота, было обычное городское такси. Водителю оплатили дорогу в оба конца. Рядом с водителем сидел молодой человек, удивительно похожий на своего отца. Он вылез из салона автомобиля и растерянно остановился, глядя на поднимающегося со скамейки отца. Угрюмов не поверил своим глазам. Это был его семнадцатилетний сын. Сын, которого он не видел уже несколько лет, с матерью которого они расстались и не поддерживали никаких контактов. Сын, о встрече с которым он даже не мечтал, не имел права мечтать. Молодой человек оглянулся по сторонам еще раз.

— Чего стоишь, — весело крикнул водитель, — разве не видишь, как ты на него похож?

Угрюмов сделал несколько шагов по направлению к сыну. И неожиданно как-то глухо зарычал. Он не крикнул, а именно зарычал, чуть пошатнувшись, с трудом сохраняя равновесие. Кто-то из врачей хотел прийти ему на помощь, но Степанцев не разрешил, останавливая этот порыв. Они смотрели на мальчика. Важно было, чтобы сын сам подошел к отцу. Мальчик все еще смотрел на отца. Угрюмов снова пошатнулся, и тогда сын бросился к нему. Нужно было видеть, как отец обнимал его. Нужно было увидеть эту сцену, чтобы понять, как нуждался в этом мгновении обреченный на смерть отец. Когда мужчины беззвучно плачут, это самое страшное. Угрюмов плакал, не стесняясь своих слез. Но не беззвучно. Он рычал от волнения, от нахлынувших на него чувств.

Дронго пришлось долго искать семью Арсения Угрюмова, которая проживала в Новгороде. Мать даже не хотела слышать о своем непутевом муже, с которым она разошлась больше шести лет назад. Его увлечение «зеленым змием» было настолько разрушительным, что она, не задумываясь, подала на развод. И за все эти годы она не разрешала ему видеться с сыном, считая, что он загубил ее жизнь. Впрочем, это не мешало ей исправно получать алименты от своего бывшего супруга на содержание ребенка. А его письма она просто выбрасывала. Дронго в течение нескольких часов рассказывал ей о той страшной болезни, которой болен отец мальчика, и как ему важно будет перед смертью увидеть своего сына и обрести его прощение. Та была непреклонна. Но сын, находившийся в соседней комнате, слышал большую часть разговора. И он сам принял решение. Он решил приехать и увидеть своего отца, возможно, в последний раз.

Следом въехал белый «Мерседес». Из него неспешно вылезли вице-губернатор и его молодая жена. Они прошли к Казимире Станиславовне, сразу уводя ее в здание хосписа. Очевидно, им было о чем поговорить. Было заметно, как волнуется вице-губернатор. Но еще сильнее волновалась его супруга, которая смотрела по сторонам и нервно дергалась, словно опасаясь, что подхватит заразу в этом опасном месте. Она была в длинном плаще, кутаясь в который искоса наблюдала за всеми пациентами и врачами, не находя в них ничего ужасного или отвратительного.

Появился еще один «Мерседес». Дверца открылась, и из него вышел... Нет, подобные чудеса бывают только в сказках. Никто не мог поверить своим глазам. Из машины вышел всемирно известный дирижер, руководитель театра, в котором столько лет блистала Марина Шаблинская. В руках у него был огромный букет цветов.

Никто не должен был знать, что еще десять дней назад Дронго лично побывал на приеме у прославленного маэстро, убедив его приехать в хоспис и навестить бывшую приму своего театра. Дирижер был очень занятой человек, его расписание было известно на многие месяцы вперед. Но он понял, почему странный гость так настойчиво просит об этом одолжении. Талантливые люди умеют чувствовать невидимую грань между жизнью и смертью, между бытием и небытием, между Добром и Злом. И он пообещал приехать, отложив все свои дела. Теперь он подходил к Шаблинской с огромным букетом красных роз, и она впервые в жизни чувствовала смущение, как девочка, впервые пришедшая на свидание. Шаблинская оглянулась, не скрывая своих слез.

— Это ко мне, — сказала она всем окружающим ее людям, как будто кто-то сомневался в этом.

Маэстро протянул ей букет цветов, и это

был самый лучший миг в ее жизни за последние годы.

Последней машиной, которая въехала через ворота, был синий «Пежо», набитый пассажирами. Машина остановилась, и из нее выскочили три девушки, удивительно красивые и похожие друг на друга, их рано поседевший, немного сутулый отец и молодой человек, очевидно, жених старшей из девушек. Они подошли к зданию хосписа. Из окна своей палаты на них во все глаза смотрела Антонина Кравчук. Она не вышла бы из этого здания ни за что на свете. Она радовалась за других, даже не подозревая, что именно ждет ее в это воскресенье. Но она увидела их всех. Увидела всех своих девочек, увидела своего супруга, увидела жениха своей старшей дочери. Она не плакала, она стояла у окна, словно окаменев, и смотрела на всех пятерых, стоящих под окнами хосписа. Витицкая, увидев девочек и поняв, к кому они приехали, оставила съемочную группу и бросилась обратно в здание. Она вбежала в палату с криком:

– Они приехали!

– Вижу, – сказала Антонина, все еще не в силах оторвать взгляд от своих девочек.

– Выйди к ним, – тихо попросила Витицкая, – ты должна сегодня к ним выйти.

— Нет, — ответила ее соседка, все еще не оборачиваясь к ней, словно боясь, что эта чудесная картинка исчезнет, если она повернется, — нет. Они не должны меня видеть в таком виде.

Две младшие дочери махали руками, даже не зная, из какого окна за ними следит мать. Муж посмотрел на девочек и улыбнулся. И тоже поднял руку.

— Выйди к ним, — истерически закричала Витицкая, — прямо сейчас! Немедленно! Это не тебе нужно, дуре, а им. Ты понимаешь, что это им нужно?!

Мать смотрела на девочек и молчала. Она не плакала, не рыдала, просто стояла и молча смотрела на своих девочек. Какие они взрослые! Младшая уже вытянулась, как и старшие. Какие у них красивые лица... Любовь родителей к детям — это настоящая религия, где не бывает атеистов.

— Я тебя прошу, — заплакала Витицкая, — я тебя просто умоляю. Если ты сейчас не выйдешь к ним, ты никогда этого себе не простишь. Ну не будь ты такой бесчувственной дурой, умоляю тебя!

— Не могу, — тихо произнесла Антонина, — не хочу, чтобы они меня запомнили такой. Пусть запомнят другой.

— Хорошо, — крикнула Витицкая, — я принесу тебе ширму! Спрячься за ней и хотя бы поговори с ними. Ты ведь сегодня ночью будешь кричать так, что наши собаки сдохнут от ужаса. Это будет, если не поговоришь с ними. Разреши, я принесу ширму.

— Они не смогут вот так — стоять перед ширмой, — возразила Антонина, — все это бесполезно. Не нужно кричать.

Она все еще не отрывала глаз от своих девочек, словно опасаясь, что не сможет запомнить эту картинку до конца своих дней. Витицкая махнула рукой и выбежала из палаты. Она пробежала мимо режиссера и оператора, которые не понимали, что происходит, оттолкнула ведущую и подбежала к семье своей соседки.

— Она боится, что вы ее увидите в таком состоянии, — сказала, тяжело дыша, Витицкая, — она боится, что вы испугаетесь. Она не может выйти к вам.

— Тогда я пойду к ней, — сказала старшая дочь, — оставайтесь здесь. Я пойду к ней сама.

— Нет, — сказала средняя, — я тоже пойду.

— И я пойду, — добавила младшая. Ей было уже пятнадцать лет, и она не собиралась уступать старшим сестрам.

— Должен пойти папа, — решила старшая

дочь, – мы с ним пойдем вдвоем, а вы оставайтесь здесь.

Молчавший отец грустно кивнул. Он хорошо знал характер своей супруги. Если она не хочет их видеть, настаивать было нельзя. Но он знал и характер своей старшей дочери. Если она что-то решила, то остановить ее невозможно. Вместе с ней он вошел в здание хосписа. Антонина увидела, что они идут, и заметалась по палате. Затем схватила платок, с которым выходила иногда в коридор, быстро обмотала вокруг головы и лица. Она не успела закончить, когда дверь отворилась.

– Мама, – сказала дрогнувшим голосом старшая дочь, – мама. Я так скучаю без тебя.

Девочка бросилась к ней, и Антонина забыла в эту секунду обо всем на свете. И о своей болезни, и о своем платке, и о своих ужасных ранах. В эту секунду она была счастлива как никогда в жизни. Муж стоял в дверях, растерянно глядя, как старшая дочь обнимает свою мать. В этот момент в палату мимо него проскользнула средняя дочь.

– Мама, – произнесла она, сдерживая волнение, и бросилась к ним.

Через несколько секунд в палате появилась и младшая.

— Мамочка моя, — закричала она, бросаясь к матери и окружившим ее сестрам. И тогда Антонина заплакала. Тихо, чтобы не испугать девочек. Она плакала, скрывая свое лицо и свои слезы, обнимая тех, ради кого она ушла в этот хоспис, чтобы навсегда похоронить себя здесь.

— Мы увезем тебя с собой, — говорила старшая дочь, — мы не разрешим тебе больше здесь оставаться.

— Ты уедешь с нами, и я буду за тобой ухаживать, — уверяла ее младшая.

Средняя молча обнимала ее. Витицкая стояла на пороге и глотала слезы. Когда в коридоре появились режиссер и ведущая с телевидения, она поманила их к себе.

— Вот что нужно снимать, — убежденно сказала она, — подвиг матери. Чтобы не мешать счастью своей старшей дочери, она ушла в хоспис. И боится даже показывать свое лицо окружающим. А вы глупостями разными занимаетесь, выдуманные истории снимаете...

Степанцев подошел к Дронго.

— Может, мы включим вас в состав наших попечителей? Вы даже не представляете, что именно вы сегодня для них сделали.

— С первой же минуты пребывания в вашем учреждении я думал о том, как помочь этим людям. Мужество каждого из них заслуживает особого уважения, — признался Дронго, — и все, что я сделал, это всего лишь небольшая толика того, что я обязан был сделать. Но не все так просто. Посмотрите. Мне удалось уговорить даже одного из самых известных в мире дирижеров приехать к вашей пациентке. А сына Тамары Рудольфовны мне уговорить не удалось. Сколько я его уговаривал, сколько убеждал, все оказалось напрасно. Он обижен, что она отдала свою квартиру кому-то из нуждающихся родственников, хотя сам имеет пятикомнатную квартиру в центре, которую тоже выбила ему мать. Вот поэтому она сейчас одна. Я надеялся, что он приедет, до последней секунды. Но боюсь, что тщетно. Это только в кино или в книгах все заканчивается хорошо. В жизни иногда встречаются и подобные сыновья.

— Да, — вздохнул Степанцев, — к сожалению, вы правы. Что думаете делать?

— С вашего разрешения хочу пригласить Тамару Рудольфовну в ресторан. Где еще я найду женщину-Героя, с которой смог бы отужинать! Но прежде я отвезу ее на комбинат. Там собрались десятки и сотни людей, которые работали с ней. Они помнят ее до сих пор, говорят о ней добрые слова. Она помогла стольким людям, сделала столько хорошего в своей жизни!

Надеюсь, что вы не станете возражать. А вечером я привезу ее обратно.

— Конечно. Только боюсь, что Антонину Кравчук сегодня ее девочки увезут домой. Если после каждого вашего Воскресенья от нас будут уезжать наши пациенты, то через год здесь никого не будет.

— В таком случае я буду приезжать сюда каждый месяц, — пообещал Дронго, — и, если удастся вернуть хотя бы еще одного человека обратно в семью, я буду по-настоящему счастлив. Не обижайтесь, Федор Николаевич, по моему глубокому убеждению, хоспис — самая гуманная форма защиты больных людей. Но если у родных или близких есть силы и возможности окружить их своим вниманием, то они просто обязаны это сделать. А вы как думаете?

— Вы можете мне не поверить, но я абсолютно с вами согласен, — улыбнулся Степанцев. — Знаете, я думаю, что вице-губернатор заберет еще одного нашего пациента к себе. И полагаю, что навсегда.

Литературно-художественное издание

СОВРЕМЕННЫЙ РУССКИЙ ШПИОНСКИЙ РОМАН

Абдуллаев Чингиз Акифович

ДОМ ОДИНОКИХ СЕРДЕЦ

Ответственный редактор *А. Дышев*
Редактор *Г. Калашников*
Художественный редактор *Ю. Марданова*
Технический редактор *О. Куликова*
Компьютерная верстка *Е. Мельникова*
Корректор *А. Санина*

ООО «Издательство «Эксмо»
127299, Москва, ул. Клары Цеткин, д. 18/5. Тел. 411-68-86, 956-39-21.
Home page: **www.eksmo.ru** E-mail: **info@eksmo.ru**

Подписано в печать 22.12.2010.
Формат 70×90 1/32. Гарнитура «Петербург».
Печать офсетная. Усл. печ. л. 11,67.
Тираж 17 100 экз. Заказ № 4598.

Отпечатано в ОАО «Можайский полиграфический комбинат».
143200, г. Можайск, ул. Мира, 93.
www.oaompk.ru, www.oaoмпк.рф тел.: (495) 745-84-28, (49638) 20-685

ISBN 978-5-699-47114-0

9 785699 471140 >

Оптовая торговля книгами «Эксмо»:
ООО «ТД «Эксмо». 142702, Московская обл., Ленинский р-н, г. Видное,
Белокаменное ш., д. 1, многоканальный тел. 411-50-74.
E-mail: **reception@eksmo-sale.ru**

По вопросам приобретения книг «Эксмо» зарубежными оптовыми покупателями
обращаться в отдел зарубежных продаж ТД «Эксмо»
E-mail: **international@eksmo-sale.ru**

International Sales: *International wholesale customers should contact Foreign Sales Department of Trading House «Eksmo» for their orders.*
international@eksmo-sale.ru

По вопросам заказа книг корпоративным клиентам, в том числе в специальном оформлении,
обращаться по тел. 411-68-59, доб. 2115, 2117, 2118.
E-mail: **vipzakaz@eksmo.ru**

Оптовая торговля бумажно-беловыми и канцелярскими товарами для школы и офиса «Канц-Эксмо»:
Компания «Канц-Эксмо»: 142700, Московская обл., Ленинский р-н,
г. Видное-2, Белокаменное ш., д. 1, а/я 5.
Тел./факс +7 (495) 745-28-87 (многоканальный).
e-mail: **kanc@eksmo-sale.ru**, сайт: **www.kanc-eksmo.ru**

Полный ассортимент книг издательства «Эксмо» для оптовых покупателей:

В Санкт-Петербурге: ООО СЗКО, пр-т Обуховской Обороны, д. 84Е.
Тел. (812) 365-46-03/04.

В Нижнем Новгороде: ООО ТД «Эксмо НН», ул. Маршала Воронова, д. 3.
Тел. (8312) 72-36-70.

В Казани: Филиал ООО «РДЦ-Самара», ул. Фрезерная, д. 5.
Тел. (843) 570-40-45/46.

В Самаре: ООО «РДЦ-Самара», пр-т Кирова, д. 75/1, литера «Е».
Тел. (846) 269-66-70.

В Ростове-на-Дону: ООО «РДЦ-Ростов», пр. Стачки, 243А.
Тел. (863) 220-19-34.

В Екатеринбурге: ООО «РДЦ-Екатеринбург», ул. Прибалтийская, д. 24а.
Тел. (343) 378-49-45.

В Новосибирске: ООО «РДЦ-Новосибирск», Комбинатский пер., д. 3.
Тел. +7 (383) 289-91-42. E-mail: **eksmo-nsk@yandex.ru**

В Киеве: ООО «РДЦ Эксмо-Украина», Московский пр-т, д. 9.
Тел./факс (044) 495-79-80/81.

Во Львове: ТП ООО «Эксмо-Запад», ул. Бузкова, д. 2.
Тел./факс: (032) 245-00-19.

В Симферополе: ООО «Эксмо-Крым», ул. Киевская, д. 153.
Тел./факс (0652) 22-90-03, 54-32-99.

В Казахстане: ТОО «РДЦ-Алматы», ул. Домбровского, д. 3а.
Тел./факс (727) 251-59-90/91. rdc-almaty@mail.ru

Полный ассортимент продукции издательства «Эксмо»
можно приобрести в магазинах «Новый книжный» и «Читай-город».
Телефон единой справочной: 8 (800) 444-8-444.
Звонок по России бесплатный.

В Санкт-Петербурге в сети магазинов «Буквоед»:
«Магазин на Невском», д. 13. Тел. (812) 310-22-44.